Best Time

白 马 时 光

柠有七分甜

大柠

著

Love

百花洲文艺出版社
BAIHUAZHOU LITERATURE AND ART PRESS

相遇是桂香十里，原来是你；

相爱是山长水阔，余生是你。

「我觉得最好吃的饼，是老婆饼；最好看的花，是你脸上的笑靥如花。」

喜欢对的人，
一辈子都可以做他的小女生。
这世间最幸福的事，
莫过于遇到一个爱你的人，然后把你宠成孩子。

"什么是爱呢？"

"爱就是一起吃很多很多年的饭，

依然**相看两不厌**。"

# 目 录

Contents

# 目 录
Contents

花枝摇曳春风，
月光洒落星河。
日影笑着奔跑，
星辰在你眼里闪耀。

我以前从未觉得人间有趣，
直到遇见你。

## 序章
# 九月情书

又是一年九月，不知教室窗外的那棵桂花树是不是在酝酿一个香飘十里的秋天？

就在那年九月，在我还没做好接受一段恋情的准备时，你出现在我的生命里。那时的我，全然不知，你将是未来与我携手、陪伴我一生的人。

那时，你我正值年少，明月当空，星辰闪耀，校园步道两旁的梧桐树恣意生长。

第一次遇见你，是在女生宿舍楼对面的食堂门口。算不上多么浪漫的相遇，你那天的模样却一直刻在我的心间。

那晚的月色格外迷人，月夜中隐约浮动桂花的香甜气味。我穿了一条白色长裙，沿着宿舍楼前的台阶往下走，抬眼的瞬间，便望见身穿白衬衣的少年，站在食堂门口的梧桐树下。食堂门口人来人往，而我偏偏笃定，那个人就是你。尽管在那之前我只见过你一张照片。

第一次见面，我们就一起吃了顿晚餐。明明是我托你办事，你却主动刷饭卡请客。吃饭前，你小心翼翼地拿过一次性筷子，掰开后将两根筷子相互摩擦几下，然后递给我，说那样不会刺到手。

初次一起吃饭，你的胃将军毫不收敛，大有"三碗不过冈"的架势。那天适逢我胃口不佳，和你开玩笑说："我反正吃不完，碗里的饭不如给你？"

没想到你也不嫌弃，径直将我碗里的饭拨到你碗里，看得我都愣怔了。毕竟从小到大，只有我爸爸不嫌弃我的剩饭。

连我自己都不知道，其实那天的你，已经在我心中埋下一颗小小的爱之种子了。

之后，你经常跑到我宿舍楼下的小卖部吃现煮的方便面，还经常喊我下来，看着你吃方便面。直到有一天，你喊我和你吃同一碗方便面。

你说："没谈恋爱的时候觉得情侣吃同一碗面很不卫生，现在，我只觉得温暖。"

学四食堂厨师的拿手好菜是包菜炒肉丝，学校西门外的地锅鸡好吃不贵，学校南门有家饭店土豆丝炒得好，米饭一大碗也不要钱……

你对美食如数家珍，你带我吃遍学校周边所有好吃的小饭馆。以至于你毕业离校后，我还经常去那些我们去过的小饭馆，回味我们在一起吃饭的时光。

等我毕业后，你成了我的私家厨师，为我准备上班时的爱心午餐。

我爱吃鱼，你从不吃，但你却为了我，学会做鲫鱼豆腐汤、清蒸鲈鱼、红烧鲤鱼。

你爱吃土豆，我本兴趣寥寥，但我却因为你，爱上了土豆丝以及你家乡独特的土豆泥。

虽然我俩饮食习惯不同，但两人的胃口都很好，每次看着对方吃饭，总觉得对方吃得很香。

无论是在家中，还是在餐厅，只要和你一起吃饭，我都觉得时光突然变得好温柔。

"什么是爱呢？"

"爱就是一起吃很多很多年的饭，依然相看两不厌。"

我在《你是人间理想》中写过这段话。不知是不是因为我们第一次相遇是在食堂门口，第一次见面就一起吃饭，因此奠定了我俩是"终身饭友"的基础？

白马如风，少年匆匆。

如今，我们已相识相恋十九年，你从学长到男朋友再到我的先生、我女儿的父亲。你的角色在变，但是有一点没变：你依然爱我如初。

多么庆幸，十二年的婚姻生活未能磨灭热情，漫长的时光反而沉淀了深情。

林先生，很高兴在十九年前的九月遇见你，也谢谢你愿意做我一辈子的饭友，做我今生的枕边人。

遇见你以后，我才知道，"先生"这个词竟然是世界上最温柔的词。

又是一年九月，想必教室窗外的那棵桂花树也在追忆往事，它应该记得曾有个少年折下一枝桂花送给喜欢的女孩，而那枝桂花芬芳了女孩的整个青春。

第一章

# 人间虽无趣，但有先生你

Love

立秋后的早晨，窗外晴空澄澈如洗，路边围墙旁的树木随着屋里《盛开成花树》空灵舒缓的旋律，轻舞着枝条。

我和林知逸面对面坐在临窗的书桌前，他在看书，我在写作。

我抬眼看他，他比从前成熟了许多，脸上却依然有从前的少年气息。我就那样看着他，一恍神，仿佛回到了我们一起上自习的大学时光。

这时，他也抬眼看我，我们相视一笑。

他瞥向窗外，说："你看，围墙边有一丛牵牛花开了。"

顺着他的目光望去，果然，在绿树掩映的另一边，沿着电线杆向上生长的牵牛花开满粉紫色小花。牵牛花有个别名叫"朝颜"，清晨花开，傍晚花谢。只是如此细微的美好，都市中奔波忙碌的人们很少关注到。

"你有一双发现生活之美的眼睛，真好。"我说。

　　我想起昨晚和中医理疗师杨老师聊天，提及林知逸时，她赞不绝口。杨老师说，有一回她帮我调理完身体，正赶上下雨，我还没来得及给林知逸发短信，谁料下楼发现他已经拿着雨伞站在门口等我了。她说完这件我都快遗忘的小事，总结道："你老公对你真是有心，你很会找老公，挑老公的眼光一绝。"

　　想到这里，我对着专心看书的林知逸说："昨天杨老师说我挑老公的眼光很好，我也这么认为。我常常觉得，我读过那么多好书，但我读过最好的书就是你，而且百读不厌。这充分说明，我会挑老公。"

　　"问题是，你也没挑啊。"他轻描淡写地说，脸上波澜不惊。

　　"啊？"难道是说我没得挑吗？

　　"我不是自己送上门来的吗？"他说。

　　不自觉地，我的嘴角微微漾起笑，一如窗外绽放的牵牛花。


　　林知逸长得清俊斯文，多数时候温文尔雅、彬彬有礼，但毒舌起来还蛮让人感到扎心的。

　　有一回我要去天津出差，出发前翻箱倒柜，纠结着穿什么衣服合适。

　　因为要去拜访出版社社长，需要穿得相对职场一些，但又要乘坐高铁，我想干脆穿长裤吧。

　　黑色长裤搭配波点白衬衣，貌似不错，显得干练优雅。

　　腰间要不要搭配腰带呢？我找了条黑色腰带，对着镜子看了又看，犹豫不决。

　　于是我找林知逸参谋："你看看有腰带好还是没腰带好？"

他对我打量了一下，说："有腰带好。"

"我也这么觉得。你还蛮有时尚眼光的嘛！"我说。

"有腰带，最起码知道腰在哪里。"他说。

"……"

有一天上班前，我让林知逸帮我戴项链，他问："有福利吗？"

我说："没有。"

他趁我不备，在我脸上"吧唧"亲了一口，嬉笑道："自谋福利，君子动口不动手！"

"……"猝不及防的一吻撩得我脸都红了。

然后他一边给我戴项链一边疑惑道："怎么脖子变粗了呀？"

"我……好像还没胖到脖子那块……"戴个项链而已，怎么废话那么多？

"我知道为什么了！"他恍然大悟道。

"为什么？"

"刚才我那一吻让你脸红了，脸红脖子粗嘛！"

"……"

尽管林知逸毒舌起来让我招架不住，但他说起情话来倒也挺动人的。

我生日时，收到朋友快递来的洛阳特产牡丹花饼。

我还是第一次品尝牡丹花饼，吃着吃着，我想起牡丹花绽放的惊艳时光，不禁感慨道："植物开花结果，人们吃的多是果实，没想到花还可以吃。"

"不然怎么有'花痴'一说呢?"林知逸说。

"牡丹国色天香,艳绝京城,但最好看的不一定最好吃。好像之前在云南吃的玫瑰花饼更好吃。"我边品边说,"如果说最好看的花是牡丹花,那么最好吃的饼就是玫瑰花饼。"

"我不这么认为,我觉得最好吃的饼,是老婆……饼;最好看的花,是你……脸上的笑靥如花。"林知逸说。

某年中秋假期,我们去延庆百里山水画廊游玩,偶遇一片向日葵花田。当时是傍晚,太阳已经下山,向日葵纷纷弯下腰来。

没看到葵花朵朵向阳开的景象,自然有些遗憾,我们以为是太阳下山所致。

次日,林知逸又带我去了一趟向日葵花田。清晨的阳光洒满花田,但大多数向日葵还是弯腰低头。

细心观察后,我发现向日葵已结满果实,由于负荷太重只能弯腰。

我对林知逸说:"向日葵成熟后就像女人怀孕后一样,行动不便,不再向阳了。"

他说:"不管向日葵向不向阳,我都向着你。"

和林知逸结婚十周年之际,我们决定重返母校,去我们最初相识相恋的地方回味青春时光。

或许是我们已携手去过许多地方,见过太多美景,和大千世界的众多美景相比,学校的风景有些平淡无奇,尤其是略显破旧的老校区。

回到老校区，林知逸望着熟悉的风景，疑惑道："这里并不算很美，怎么我们在这个地方也能把恋爱谈成了？"

大约他是觉得爱情够美，校园风景配不上爱情的美。

"重点不是在哪个地方谈恋爱，而是有没有遇到对的人。"我说。

他转过头，看着我说："嗯，学校有你这片风景就够了。"

又是一年七夕，朋友问我："不知道恋爱十九年是一种什么体验？"

"恋爱了十九年，每天还像在热恋，我只想恋爱一辈子。"我说。

同样的问题，我抛给林知逸："不知不觉我们都在一起十九年了，不知道恋爱十九年，你有什么体验？"

"都十九年了吗？我怎么感觉才恋了一个月呢。"他说。

甜甜的笑，不由自主地从心田蔓延到脸上，他仍然是那个让我心动的大男孩。

十九年看似很长，其实只是弹指一挥间。

恋爱十九年，我还是想每天和他在一起的时间多一点，还是会在清晨醒来时就握紧他的手，还是会在看着他的侧脸时忍不住亲一口，还是会情不自禁地记录我们相处的小美好。

记下那些带有七分甜的小时光，日后回首往事时，岁月才会散发出醉人的芬芳。

第 二 章

# 柠 有 七 分 甜

六月既望，正值杨梅成熟的时节，朋友送来一箱仙居东魁杨梅。

仙居杨梅色美味正，酸酸甜甜，忍不住一连吃了六颗，牙齿都被酸倒了。

"好吃是好吃，就是有点酸。"我对林知逸说。

"你过来。"他边说边朝卧室走。

"是给出国的资料签章吗？"我跟过去问。我们正在为北欧游做准备。

"是签章。"

一进卧室，他把门掩上，手肘抵在门上，顺势"壁咚"了我一下。

因为猝不及防，我脸都红了："你这是收'过路费'，不是签章。"

"是签章，顺便给你一点甜，中和一下杨梅的酸。"他俯在我耳边低声说道。

那一瞬，我想起莎士比亚说过"接吻是爱的封印"，感到嘴里也没那么酸了，有丝丝沁人心脾的甜。

　　如果没人管的话，我在睡觉这件事上蛮拖延的，可能成为资深"熬夜柠"，好在我有一位资深"催眠师"。

　　有一天晚上临近十一点，我还在微信上和大学闺密余乔聊天。林知逸连说几次"该洗洗睡了"，我都无动于衷。

　　后来他干脆先去洗漱，然后躺到床上，拉上被子，对我说："留给你抱老公的时间只有十五分钟。"

　　我继续和余乔聊天。

　　"留给你抱老公的时间只有十分钟。"林知逸亮出倒计时牌。

　　我还是埋头聊天。

　　"抱老公还是抱一头猪，你选择一下！"林知逸拿出"撒手锏"。

　　"抱老公！"我毫不犹豫地说。

　　然后，我匆忙和余乔说再见，将手机调成飞行模式。

　　我可不想抱着一头睡得很沉的猪，我想被清醒的林知逸拥抱着入睡。

　　我和林知逸平时除了忙工作陪欣宝，业余最大的爱好就是阅读。

　　光看书还不够，我们还利用碎片时间听书。

　　有一天早上，他边吃早餐，边放着"樊登读书"APP里的内容，听樊登讲书。

　　我洗漱完毕坐到他身旁，和他一同吃早餐听书。

　　不料他拿过手机，把听书的APP关了。

我问："怎么关了？讲得挺好呀！"

他说："突然开悟了。"

"听他讲得开悟了？"

"不是，自己领悟了。我觉得吃早饭时，听你说话更重要。什么时候听书都可以，但是你在旁边的时候，你说的每一句话，比任何人说的都重要。"

"……"喝着小米粥的我，怎么觉得嚼了一块糖呢？

在单位看书稿时，一不小心，手指被稿纸划了道口子。

同事说："这两天不要碰水，很快就好了。"

下班回到家，看到婆婆刚煮的盐水花生摆在茶几上，我便忍不住诱惑，品尝了起来。

剥了几粒盐水花生后，手指的伤口有点疼，我这才想起同事的忠告。于是我对林知逸说："我的手指被稿纸划伤了，同事说不能碰水。"

"你这伤口不但碰了水，还撒了盐，能不疼吗？来，我剥，你吃！"他剥了花生喂我。

我忍不住窃喜，"受伤"的福利又来了！

"我今天也要洗头，怎么办？"

"我帮你洗。"他毫不犹豫地说。

他的话似乎有种神奇的魔力，我的伤口不疼了，看上去仿佛是个咧开嘴的笑脸。

有一天晚上，我走进卧室时，林知逸已经靠在床头，边看书边等我了。

北京秋冬异常干燥，我拿起床头柜的唇膏涂了涂嘴唇，然后问林知逸："你要不要涂一下？"

他说："其实我不需要涂的。"

"怎么说？"

"你只需要亲我一下，你涂的唇膏不就到我嘴唇上了吗？"

"……"


或许是在城市里待太久的缘故，我内心深处蛮向往山水田园式的隐居生活。

甚至闲下来的时候会想，倘若有朝一日不想在都市打拼了，我会选择何处颐养天年？

我对林知逸说："陶渊明有他的南山，梭罗有他的瓦尔登湖，三毛有她的撒哈拉，李娟有她的阿勒泰，蒋勋有他的池上。他们都有自己心灵的净土，我心灵的净土在哪里呢？"

林知逸指指自己，说："在这里。"

我笑了，可不是嘛！

寻寻觅觅，蓦然回首，净土就在身边。

其实，能让人心灵找到皈依的所在就是净土，正所谓"此心安处是吾乡"。

小隐隐于野，大隐隐于市。不管都市多么喧嚣，人事多么繁杂，至少依偎在他身旁时，阅读好书时，写内心所想时，我是安心且自在的。

我也曾问过林知逸："同样是远离故乡在北京打拼，你是怎么安顿好你的心的？"他说："但使主人能醉客，不知何处是他乡。"

我说："别光背诗仙李白的诗句，用你自己的话表达。"

他说："我已醉倒在你的温柔乡里了，哪还管此处是他乡还是故乡。"

好吧，这句土味情话我收下了。

我是"活到老学到老"这句话的忠实拥趸，也感受到了持续学习对个人成长的益处。

最近刚在"喜马拉雅"听完余秋雨老师《中国文化课》的课程，获益匪浅，忍不住对林知逸感慨："你知道一个人的安全感来自哪里吗？来自学习！"

"对！"林知逸点头。

我以为他赞同我的想法，孰料他下一句是："《恋爱十九年》课程即将开始，大柠同学快来学习。"

"……"大林老师恋爱课程每天一次，看来他是"活到老爱到老"了。

第 三 章

# 只要和你在一起，
# 鸡毛蒜皮也是故事

Love

有一天早上我起床晚了，匆忙洗漱吃早饭，结果到公司打卡时还是迟到了五分钟。

我心想，平时林知逸都是七点半至八点叫我起床，今天怎么快九点才叫我？

哼！一定是他故意的！

我发微信质问他："你今天为什么不早点叫我起床？我都迟到了！"

他说："迟到没什么。"语气轻描淡写。

"怎么没什么，要扣钱哪！"

他直接转给我两百块红包："不就是多扣点钱吗？我补给你。"

"这不仅是钱的事，还是没有全勤记录的事。"

"其实，我没想那么多，你昨晚不是加班看稿子凌晨一点多才睡吗，我就希望你多睡会儿。"

我的心瞬间柔软，方才因迟到而生的气烟消云散。

晚上，林知逸接我下班。

车子停到车库时，手机不小心滑入车座下面的缝隙里，我伸手去捡，费了点时间。

等我要下车时，林知逸已经为我打开车门，站在一旁。

我刚下车，林知逸在我额头上亲了一口，我猝不及防，心脏恍惚间漏跳了一下。

通常他在帮我开车门时，都是用手挡在车门框上沿，怕我不小心撞到头，亲我还是头一回。

我缓过神来，说道："这是什么骚操作？"

"过路费啊！"某人理直气壮地说。

和林知逸闲聊，聊到两个人相遇的缘分。

我说："我生在江苏，你生在贵州，两个人相隔两千千米。如果我高考顺利，就不会辗转考到 C 大；如果你没发表过文章，'西部阳光'就不会介绍你做我的打字员。只要人生稍微出现一步差池，我们就遇不到了。"

两个人相遇，是一件多么小概率的事；两个人相爱，又是一件多么美好的事。多么巧，偏偏这两件事都被我们遇上了。

这世界那么多人，中国就有十四亿人口，而我们俩居然在同一所大学相遇、相识、相恋。想想真不可思议，冥冥之中，仿佛自有天意。

"那我们要感谢一个人。"林知逸说。

"嗯？"莫非要感谢"西部阳光"？毕竟是他把他的宝藏级高中同学介绍给我认识的。

"要感谢高考命题老师，给你出的题把你难住了，最终才让我捡了便宜。"

"……"

去三亚过完春节假，刚回京就上班，上周末公司又培训，这个周末我就想宅在家。

不过宅在家里就得做家务，我对林知逸说："今天我们一起做家务吧。我负责收拾三个行李箱里的东西，你负责把客厅沙发上的书山清理一下。"

他说："没问题！"

结果，当我收拾完一个行李箱后，林知逸走过来说："有没有觉得收拾东西很慢？"

我点头说："是挺不容易的。"

他说："收拾东西还不如收拾心情呢！收拾心情很快！"

"怎么说？"

"收拾心情只要一秒钟，接受书可以放在沙发上就没问题！"他做出很放松的姿势。

"……"尽管我想憋住不笑，但还是忍不住笑出声来。

他说："不过，我不收拾家务你要收拾我。放心，不等你收拾，我先收拾自己，我马上去健身房健身。"

"……"我彻底无语了。

中国文字博大精深，一个"收拾"这么多含义，林知逸运用得恰到好处！

我洗头发时，发现常用的蓝瓶洗发水不见了。

于是问林知逸："大林，你有看到我那蓝瓶洗发水吗？"

他说："我去健身房时带去了，还在健身用的包里，马上拿给你。"

他把洗发水递给我的时候，我将另一瓶不常用的洗发水递给他："你用这瓶吧，你没头皮屑，适合用这瓶'吕'的。"

"哦——男的用女（吕）的，女的用男（蓝）的。原来用洗发水还要互补的啊！"他说。

"……"除了哈哈大笑，我真的无言以对。

不过，也正因为林知逸普通话发音不标准，才有"大柠"这个名字的诞生。"n""l"不分的他一直把"darling"念成"大柠"。

晚上我正在浴室洗澡，林知逸推门走进来。

我以为他只是进来拿东西，谁知也是来洗澡的……

我有些困，刚好洗完了，便利索地拉过浴巾架上的浴袍穿上。

林知逸拉开浴帘兴奋地说"俺老猪也来洗洗"时，见到的是我已经穿好浴袍的样子。

"这么快就洗完了？"眼见"鸳鸯浴"落空，他有些扫兴地说。

"嗯，怕你侵犯。"我笑道。

然后，我在镜子前敷面膜，他开始洗澡。

听着哗哗的水流声，我忍不住想检阅一下某人最近的健身成果。

我拉开浴帘，某人合上。

我再拉开，某人再合上。

"为什么不让我看？"我问。

"怕你侵犯。"他说。

"……"这叫"以其人之道，还治其人之身"吗？

早上出门前，林知逸在我额头上吻了一下，说："今天是 6 月 12 日。"

我说："不是什么特别的日子吧？"

他说："B612 星球是小王子的星球，所以今天是个浪漫的日子。"

闻言我很欣慰，因为务实派的金牛座认识我以后，越来越浪漫了。

其实，不只是某个特定的日子，和林知逸在一起的每一天都很浪漫。

第 四 章

# 相遇是为了照亮彼此

Love

"猜猜看，这是谁？"林知逸把手机举在欣宝面前问。

欣宝扫了两眼，说："这是林知逸啊！"

"你怎么看得出这是我？"林知逸的口气里充满惊喜，显然没把女儿直呼他的名字放在心上。

"本来长得就像你啊！除了没戴眼镜。"

"那你告诉爸爸，爸爸那时候帅不？"

"嗯……"小女孩托腮作沉思状。

"这种显而易见的事还用犹豫吗？"某人大言不惭地说。

"挺帅的，比妈妈以前的照片好看。妈妈以前太婴儿肥了！"欣宝说。

"……"我听不下去了，怎么父女俩聊天，我还能躺枪？

我放下手中的书走过去，看看他们讨论的到底是哪张照片。

"姐姐今天在老家收拾旧物，发现了我在大学读书时寄给她的照片。"见我过来，林知逸把手机递给我。

手机屏幕上，眉目清秀的少年身着浅咖色Ｔ恤和天蓝色牛仔裤，站在大学校园的人工湖前。他微眯双眼看着镜头，没有笑，似乎有满腹心事。

这样的林知逸对我而言，既熟悉又陌生。熟悉的是似曾相识的模样，陌生的是与如今浑然不同的气质。照片上的他，青涩稚嫩，就像个刚刚参加完军训的高中生。

我看看身边的林知逸，又看看照片上的林知逸，感慨道："年轻真好啊！你那时候虽然没有儒雅的气质，但还真的蛮帅。"

"这是我第一次主动拍的照片，因为那年刚好二十岁，想拍照留个纪念。"林知逸说。

"挺好的。我也有同款照片，刚进大学不久，余乔拉着同宿舍的姐妹一起，在人工湖前拍了张合照。"

Ｃ大的人工湖堪称学生们拍照的著名景点，湖面上有一组雕塑，几只天鹅正在戏水，栩栩如生，天鹅对面坐着伸手作投喂状的短发女生。天色晴朗时，湖面倒映着碧空树影，天鹅和女生的身影也倒映其中。湖面之上与湖面之下的世界完美对称，像是现实与理想达到了和谐统一。而我，自从在Ｃ大遇见林知逸，关于爱情、文学、生活的理想也一步步变成了现实。

思绪起伏间，我的手指不经意一滑，滑到下一张照片，是照片背面写的字——

今天我二十岁了，特意剃掉胡子，拍了张照片。只是阳光太强，都睁不开眼，我的表情不太自然，看上去好像刚失恋又被人打了一拳一样。

看到这里，我忍不住笑出声来："哈哈，'看上去好像刚失恋又被人打了一拳一样'。没错，这是你一贯的幽默风格。"

"不过，你遇到我之前不是没谈过恋爱吗？怎么说刚失恋？"女人的敏锐直觉让我捕捉到了某些细节。

"没吃过猪肉，还没见过猪跑？电视上看过人失恋啊！我就是对我这表情相当不满意。"

我又将照片和背面的字反复看了几遍，感慨道："怎么看着这张照片和你写的字，忽然有种刚刚认识你的感觉？"

他遇见我之前，在他生命最初的二十年旅程中，我是缺席的。他在世界某个地方欢喜或悲伤，微笑或沉默，我全然不知。他的过去对我而言是一纸空白。虽然我们现在是亲密的枕边人，但曾经，我们确实是两个素不相识的陌生人。不知怎的，心中竟有些羡慕他的姐姐，因为她参与了他的年少时光，全程见证了他的成长。

"林先生，我们要不要重新认识一下？"这么想着，不由得脱口而出。

"嗯？"某人疑惑地望着我。

"我发现我对你的过去竟然一无所知，我很想认识一下二十岁之前的你。"我认真地看着他。

"那得需要一台时光机。"

"如果有一台时光机，我想回到过去，住进你的身体里，经历你的生活，感受你的青春。"

"其实照相机也是一种时光机，记录的是逝去的时光。你要不要看一下我二十岁之前的照片？"

"好啊！"

温暖的橘色台灯下，他拿出泛着岁月痕迹的老照片。照片只有三张，而且还有两张是黑白照。

第一张照片是他婴儿时期的，是一张全家福。脸蛋圆乎乎的小林知逸，也就六七个月大，戴顶毛线帽，被妈妈抱在怀中，双眼好奇地望着镜头。爸爸站在妈妈身边，奶奶坐在妈妈前面，四岁多的姐姐靠在奶奶身旁。

望着老照片，林知逸的目光变得深邃起来，他似乎回到了过去的时光里。

"那时候我和姐姐还小，我的世界也很小，奶奶和爸爸都还在。"

"我记得你说过，你很喜欢奶奶给你做的剁椒炒饭。"担心他触物伤情，我把话题转移到美食上。

"是啊，小时候爸爸妈妈很忙，都是奶奶给我做饭。"说完他停顿了一下，继续说，"要是奶奶和爸爸还在，就好了。"

"其实他们还在的，只要有惦记他们的人，他们就还在。"我安慰他。

"我最遗憾的是，他们都没见过你，不知道我爱的人是多么好的女孩。"

　　他的话瞬间戳中我内心柔软的角落，我忽然有种想落泪的冲动。原来，我在他心中那么好，好到他想让他最亲近的人知道。而我，从来都不觉得自己有多好，直到遇见他，自卑的我才一点点找回自信。

　　第二张照片是他童年时代的，是他和姐姐的一张合影。板寸头的小男孩身着浅色外套，站在姐姐身侧。他的脸蛋不再圆乎乎，精致的五官凸显出来，已有清俊少年的雏形。小男孩的表情很严肃，目光里透着一股坚毅，似乎对未来充满信心。

　　"知道吗？这张照片是我蹭拍的。"看到这张照片，林知逸的脸上浮现笑意，"姐姐小学毕业时，本来和她的闺密拍照，结果我路过，就拉着我拍了一张。"

　　"还好姐姐拉着你拍照，不然你的小学时代除了毕业照就没有其他照片了。"

　　"想不想听姐姐的传奇故事？"

　　"当然想听。"他神秘的语气勾起了我听故事的兴趣。

　　"姐姐有一回听闺密说，闺密的弟弟被学前班的小同学欺负了，姐姐为此打抱不平，说要和闺密一起去找那个欺负人的小同学讨回公道，给他点颜色看看。姐姐和闺密气势汹汹地来到闺密弟弟所在的班级，问闺密弟弟，欺负你的人是谁？闺密弟弟见有人给他撑腰，气势大涨，指向那个小同学：'是这个坏蛋！'姐姐一看闺密弟弟手指的方向，这个坏蛋不是我的亲弟弟吗？于是姐姐大手一挥，对闺密说：'散了散了，小孩子不懂事闹着玩。'拉着闺密回去了。闺密莫名其妙，问姐姐：'怎么不干仗了？'姐姐说：'那小孩是我弟。'"

"哈哈，没想到姐姐还有那么拉风的时候。"我笑道，想了想，又觉得哪里不对劲，"你那么温柔，小时候还欺负别的小同学？看不出来啊。"

"是他先欺负我的。他本来应该上小学一年级，但是学习跟不上，家人让他留了一级读学前班。他仗着自己是老油条欺负我，把我的板凳挪到走廊上。我让他拿回来，他不干，我把凳子往回推，他伸脚来挡，结果自己站立不稳摔倒了。他爬起来还打我，我当然要还手了。他打不过我，就恶人先告状去搬救兵，找他姐姐帮忙。好巧不巧，他姐姐的闺密刚好是我姐姐，这不就发生了那一幕。"

原来如此。我就说，我那个温柔的林先生，即使是在顽劣的童年时代，也不可能主动欺负别人。


第三张照片上的林知逸已是大学生，模样也发生了巨大的变化。脸上稚气已退，戴一副眼镜，身穿藏青色风衣，站在学校的天台上，看上去清俊儒雅，酷似演《冬季恋歌》男主角的裴勇俊。

这张照片似曾相识，我仿佛回到初识林知逸的校园时光。

"这不是我第一次看到你的那张照片吗？"我惊喜地说。

在见到林知逸本尊之前，我已经率先见到了这张照片上的他。

那时我还是个大二女生，爱好写作，经常在杂志上发表文章。有一回急于交稿，但当时我没有电脑，学校机房的电脑又供不应求，于是我想找人帮我把手写稿输入 Word 文档里。我本来找文友"西部阳光"帮忙,他给我介绍了他的高中同学林知逸,说林知逸与我同校,找他更方便。同时,"西部阳光"给我发来一张照片:一个身穿藏青色风衣的男生站在天台上,戴一副眼镜,清俊儒雅。"西部阳光"说:"他也发表过文章,还被《读者》《青年文摘》转载过呢!而且他人长得帅,当年我们班好多女生都喜欢他,他可是我们高三(1)班的骄傲!"

我当时还疑惑,我不过找个打字员而已,干吗搞得跟介绍相亲对象一样?结果没想到见面后,林知逸对我一见钟情。因为此事,"西部阳光"晋升为"西部红娘"。

我就是通过这张照片,对林知逸有了最初的印象,一个清俊儒雅的大男生。

"我好像没见过你穿这件风衣呢!"看着照片,我疑惑地说。

"这件风衣是小七的。"

小七我知道,是他们宿舍的"编外人员",不住在他们宿舍,却老喜欢往他们宿舍跑。

"当时不是流行《流星花园》吗?我们一帮男生的浪漫细胞也被激发了。有一天听说有狮子座流星雨要降临,于是我们便跑到天台上去看流星雨。等流星雨的时候,闲得无聊,陈刚拿着相机给我们拍照。小七的风衣最拉风,被我们借来当拍照道具。"

"原来如此。那天你们看到流星雨了吗?"

"没等到狮子座流星雨,但不久后等到了天蝎座的小行星。"

闻言,我不禁扬起嘴角。"天蝎座的小行星"不就是天蝎座的我吗？

　　"不对，不是小行星，在我生命中，你就是一颗恒星，我一直绕着你转。"林知逸又补充道。

　　"我都不敢想象，你现在变得这么会说情话了。我还记得，当年我们刚在一起的时候，你说你没谈过恋爱，嘴笨话少，不懂怎么哄女孩开心，你还说如果吵架了你不说话不代表你不爱我。你还记得吗？你当时用《流星雨》里的歌词表达你的心情，'如果我沉默，因为我真的爱你'。"

　　"知道我为什么现在变得会说话了吗？"

　　"为什么？"

　　"因为我遇到的女孩是一颗星辰，她把我给照亮了。"

　　你又何尝不是我的阳光？遇到你之前，我经历过高考失败，经历过"专转本"和家人的争执，经历过爱写作却不被理解的苦闷。我像是尘埃里一株苦苦挣扎的小草，直到遇见你，我有些黯淡的人生才开始焕发明亮的色彩。你点亮了我生命的火种，让我可以活得像灿烂的向日葵。

　　"忽然发现，我们相遇之前的照片，两人都没有笑。你总是表情严肃，我总是紧锁眉头。我俩都是一副苦大仇深的样子，好像全世界都欠我们似的。"我说。

　　"当然了，那时候世界欠我们一个初恋情人。"

　　我笑了。

　　因为遇见一个人，时光开始变得温柔。我们的眼里住进一个人，心里住进一份爱，照片上的我们也开始露出发自内心的微笑。

相遇之前，两个人在平行时空各自成长；相遇之后，彼此黯淡的世界开始闪耀光芒。

这大概就是相爱的力量吧?

我们每个人都是一颗坠落在凡间的孤独星辰，直到遇到另一颗同样孤独的星辰，两颗原本黯淡的星辰，可以在深夜照亮彼此。

林先生，感谢你做我平凡岁月的星辰。

第 五 章

# 我对你的思念跟距离成正比

有一次出差，一早乘高铁从北京前往上海，林知逸送我去北京南站时，我说："到上海也得下午两点左右了，中午只好吃高铁上的盒饭了。唉，高铁上的盒饭最难吃了……"

他说："我有个办法让你吃饭很香，你今天过了南京南站，大概十二点三十六后再吃，肯定觉得吃饭很享受。"

"这是什么原理？"我疑惑地问道。

"因为人在饿的时候，吃什么都香啊！"林知逸开玩笑地说。

"去去去，少拿我寻开心，我走了，你回家慢点开啊！"我拖着行李箱进站去了。

列车开动了，我一个人依窗而坐，望着窗外飞驰而过的风景，忽然想起从前和林知逸异地恋时独自坐火车的经历。那时候，一个人拖着简单的行李，揣着满心期待和欢喜，坐火车去他工作的城市看他。一转眼，他都成为枕边人十年了。

我拿出随身带的书，准备打发一下旅途中一个人的寂寞时光。刚一翻开，一张崭新的书签滑落下来。我拿起来一看，书签背面是林知逸的字迹：

你出差时，
我对你的思念，
是跟距离成正比的，
你离我越远，
我对你越思念。

老夫的少女心啊，一下子被他撩得如小鹿乱撞。我拿出手机，拍了书签的照片，在微信上给他发过去。然后又说："现在，你的'大柠蛙'正以每小时 350 千米的速度远离你。"（当时《旅行青蛙》游戏正流行。）

过了一会儿他回话说："没事，我对你的思念正以每小时 350.21 千米的速度追着你，21，爱你！"

算了，撩不过他，我认输，开始乖乖看书了。

当我沉浸在书里的世界时，时间仿佛过得特别快，等我抬起头，将视线从书上移向窗外时，发现列车已到达南京南站。而我的饮食生物钟已自动开启，肚子开始叫嚣着"好饿"。想起以前去南京玩吃过的鸭血粉丝、狮子头，这会儿口水都快流下来了。

算了，高铁餐再难吃，也得充饥啊，我决定等过道上刚上车的乘客都坐下来后，去餐车买点吃的。

列车再度启动后不久，有一位乘务员拎着几盒外卖餐走了过来，走到我座位旁边时停了下来，他递给我一个袋子："您好，您订的餐到了，请慢用。"

"啊，我没有订餐，您是不是弄错了？"我有些疑惑地问道。

"您是坐16车08F号座位吧，没错，就是您的，估计是您家人或朋友订的，您问问。快趁热吃吧。"乘务员把袋子放在我面前的小桌板上就走了。

我第一个想到的就是林知逸，于是发微信问他："你给我订外卖了？"

他秒回："是啊，怎么样，饭菜还合胃口吧？"

"哎呀，老公你太贴心了，我正饥肠辘辘的时候，你订的外卖就到了，没想到现在高铁上都能点外卖了，你这操作'666'啊！你让我过了南京南站再吃饭，是不是早就订好了？说！你是不是有预谋的？"这时我才明白，林知逸在北京南站分别时跟我说的不是玩笑话。

他回："是啊，我预谋让老婆在旅途中也吃顿好饭，你看该当何罪？"

"罚你看房一百年——我的心房。"

他回了两个字："认罚。"

饿的时候吃什么都觉得很香，我对着碗里的鸡腿和红烧肉大快朵颐，全然忘记了鸭血粉丝和狮子头。

当我吃了一半时，包里的手机响了，估摸着是公司同事找我。我掏出手机一看，是个陌生号码，心想大概是广告，但还是接听了："喂！你好。请问你是哪位？"

"我是给你送外卖的，你在哪个车厢啊？我刚才没找到你。"

"没关系，我已经吃上了啊！"我看着眼前被我吃了一半的午餐说。

"啊？不会吧？乘务员跟我说他没找到你啊！"

我心想，莫不是送错了吧？马上和他确认："是'真功夫'吗？"

"不是啊！是'老娘舅'啊！"

那人大概觉得碰到了一个"奇葩"，都不知道自己订的什么外卖。

我补充说明："是我老公帮我订的，大概送错了，你们看看怎么处理。"

挂了电话，我发微信给林知逸。

我说："乌龙了，我吃的'真功夫'，快吃完了，刚刚却有人给我打电话，说我订的是'老娘舅'。"

他说："我没订'真功夫'。他们搞错了，让他们重新送来。"

这时，之前送餐那位乘务员又拎着一份"老娘舅"外卖走了过来，对我说："不好意思，刚才我送错了。这里还有一份外卖，您还可以继续吃。"

"……"我看上去像吃得下两份外卖的人吗？"那你怎么跟订

'真功夫'的顾客交代呢?"

"我自己掏钱给他买一份呗,大不了被投诉、被扣奖金。被一个人投诉总比被两个人投诉好吧,这个错在我,您就赶紧吃您自己那份吧。"乘务员一脸懊恼和歉意地说。

我说:"我已经吃完了,这外卖既然送错了,就把我的那份给原来要吃'真功夫'的乘客吧。"

乘务员说:"您不介意就好,主要是您这份比较贵。"

"没事没事,吃饱了就好。"

"那……好吧,非常感谢您的谅解!"说完,他拿着外卖走了,刚走了两步,又折回来递给我几张单据,"这些您收着吧,我觉得对您应该很重要。"

我接过来一看,第一张是外卖清单:鱼肉狮子头饭、太湖银鱼水蒸蛋、蔬菜、小吃、千张包。都是我喜欢吃的啊!第二张是发票,我刚准备笑林知逸什么时候开始这么小气了,请老婆吃顿饭,都要开发票呢!结果仔细一看,发票抬头根本不是公司名,而是"大林爱心午餐"。

心不由得一暖。

虽然没吃到爱心午餐,但这曲曲折折的经历,让我感到比吃了蜜还甜。

虽然出差时我只身一人,但林知逸的爱却一路跟随着我,让我感觉他就在我身边。

我把这次高铁上的外卖乌龙事件跟林知逸说了后,他发过来一首诗,看到后面,我不禁羞红了脸——

你出差时，

我对你的思念，

是跟距离成正比的，

你离我越远，

我对你越思念。


你在我身边时，

我对你的爱，

是跟距离成反比的，

你离我越近，

我越爱你，

距离为负值时，

我对你的爱，

达到高潮。

第六章

# 生 活 小 白 出 差 记

列车抵达上海，入住酒店。倒在床上小憩片刻，然后准备化妆，再去见合作伙伴。

结果涂唇膏时，唇膏从包里滚出来，径自滚到了电视柜后面。

我试图靠自己的力量拯救唇膏：找个可以够唇膏的棍子，没找到，用雨伞尝试了一下，伞柄太粗碰不到唇膏；我也尝试着拿出健身房撸铁的架势去挪电视柜，但试了几次，无果。

不得已，我打电话向酒店大堂求助："你好，我是 8522 房间的客人，我的唇膏滚到电视柜后面了，能安排人帮我取一下吗？"

"呃……"那边半晌没说话。

"这个问题以前没遇到过是吧？"我笑道。我用笑容化解尴尬。

对方说："是的。"

我说："能否叫两个男同事过来帮我移动电视柜，帮我拿一下呢？"

"你等一下啊，我叫工程部上去。"

"……"

工程部！一个小小唇膏需要这么大动静吗？

我告诉林知逸，他说："住一次酒店还要动用工程部也是没谁了。"又补充道，"事实证明你离不开我。"

"怎么说？"

"和我一起住酒店遇到这种问题，你只需要动用我。"

可不是吗。我原先以为外出没林知逸陪伴只是少了行李搬运工和摄影师，原来还少了个修理工。

出差回到家，林知逸问我："这次出差一切顺利吗？除了唇膏掉电视柜后面。"

又提我的糗事……不过我出差的糗事何止这一件？

我说："总体蛮顺利，只有三个小插曲。除了唇膏事件，还有手机事件和保温杯事件。"

"哦？说来听听。"林知逸好整以暇地望着我。

"手机事件，就是我去高铁站赶火车，从出租车上下来时，一不小心，手机啪一声摔地上，屏幕摔碎了。"

林知逸拿过我的手机瞅一眼，淡定地说："碎的只是钢化膜，晚上你的专属'贴膜小哥'给你换个新的。"

"贴膜小哥"让我想起林知逸在灯光下为我贴手机膜的专注模样，忍不住会心一笑。

“保温杯事件是什么？”他问。

“就是我站在共享单车旁等出租车时，结果单车突然倒了，砸中我的手提袋，保温杯从袋里滚落，摔出一个凹槽。”

林知逸表情很淡定：“没砸到你就好，保温杯只是替你受难了，凹槽说明它凹造型凹得伟大。”

“……”还可以这么解释？没责怪我不听他教导我的“君子不立危墙之下”就好。

他突然拉过我的左手，问：“你的手怎么了？”语气忽然变得焦急。

我则很淡定：“没什么事啊，就是行李箱太重，打开时左手磕破了一点皮。”

“宝宝，你怎么这么不小心。”说完，他在我左手手背泛红的伤口处，哈了一口气。

我笑道：“早就不疼了，你哈什么气？”

他说：“就算你不疼，我心疼。”

原来，大千世界，你在乎的是贴身陪伴的物品，比如唇膏、手机、保温杯，而有个人，这些统统都不在乎，他只在乎你。

虽然出差时遇到了一些小插曲，但我还蛮享受一个人出差的过程。

我对林知逸说：“你知道一个人出差的最大好处是什么吗？”

“是自由？”

“不是，是可以做美女姐姐。”我得意地说，“没想到结婚这么多年，还可以被小朋友叫‘美女姐姐’。”

"是小朋友亲口叫你，还是家长让小朋友这么叫你？"

"有什么区别吗？"我开始回忆当时的情景——

当时我一个人在酒店餐厅吃午饭，坐在我旁边就餐的是一家三口。他们点的菜上桌时，妈妈对孩子说："这是杭州特色菜西湖莼菜羹，就是洗手作羹汤的那个羹。"

"什么叫洗手作羹汤？"孩子问。

妈妈解释道："有首诗叫《新嫁娘词》：'三日入厨下，洗手作羹汤，未谙姑食性，先遣小姑尝。'"

"什么意思啊？"孩子听得云里雾里。

妈妈对孩子说："就像旁边这位美女姐姐，如果嫁人了去婆家做羹汤，就叫'洗手作羹汤'。"

"哦——"孩子看了我一眼，叫道："美女姐姐。"

我冲他笑了笑："小朋友真可爱。"

被叫作"美女姐姐"，我有些受宠若惊，重点不在"美女"，在于"姐姐"。毕竟结婚以后我当了好久的阿姨，这还是第一次被小朋友叫"美女姐姐"。

我当时想，这就是不拖家带口和林知逸、欣宝一起旅行的好处了，可以被误以为是没结婚的美女姐姐。

我把这一段讲述给林知逸听，他说："每次外出旅行拖家带口的是我好不好？我因为带着你们两个儿童跑前跑后的，本来可以做玉树临风的小哥哥，结果只能做负重前行的摄影师。"

"……"好吧，你又赢了。在你眼中，我就是个儿童。

第 七 章

# 我 家 的 吉 祥 三 宝

Love

别看我和林知逸现在爱情美满、生活幸福，其实我们当初恋爱时也遭遇过"异地恋""彩礼""父母施加压力"等现实阻碍。而且我们的恋情并不被众人看好，主要理由有三：一是大学恋爱比较风花雪月，不够接地气，需要打破"一毕业就分手"的魔咒；二是两人距离远，我是江苏人，他是贵州人，生活习性不同，磨合起来不易；三是两人都家境一般，没钱、没房、没车，两个人需要白手起家。

现在回想起来，所有阻碍都化成了两个人坚守在一起的力量。"异地恋"让我们感受到什么叫"小别胜新婚"，离别沉淀了彼此的思念；"没有彩礼没举办婚礼"让我们像没结过婚一样，一直处于恋爱的状态；"父母施加压力"让我们两个人齐心协力奋斗，用爱创造出幸福生活，让父母放心。

还记得我们的恋情不被看好时，有一个人笃信我和林知逸一定会在一起，而且在一起会很幸福。这个人就是我的大学室友兼闺密余乔。甚至，在读大学时，她就说："将来你生个女儿会很好。"

我疑惑道："为什么？"

她说："都说女儿长得像爸爸，林知逸比较好看，女儿像他肯定很美。"

没想到余乔是个预言家，我后来真的生了个女儿。眼睛像我，眉毛像林知逸；鼻子像我，嘴巴像林知逸；笑起来眉眼弯弯像月牙，右脸颊还有若隐若现的小酒窝。

女儿的名字是林知逸取的，大名叫林慕宁，小名叫欣宝，来源于一首歌的歌词："我能想到最浪漫的事，就是和你一起慢慢变老，直到我们老得哪儿也去不了，你还依然，把我当成手心里的宝。"

林知逸说，他要把我当成手心里的宝，宠爱一辈子。

有了欣宝后，我们三个便成了吉祥三宝，家中也多了几分不一样的乐趣。


有一天，我看了本关于女性自我成长的书之后，决定把书里的理念灌输给欣宝，毕竟优秀思维得从小培养。

我问欣宝："对女孩子来说，你知道最重要的是什么吗？"

"是才华。"

"还有呢？"

"多读书，让自己变得聪明一些。"

"这些都算，女孩子长大以后最重要的还有一样，就是独立，要做到精神独立和经济独立。"

"金鸡独立，我现在就会啊！"她边说边跷起一只脚，用另一只脚独自站立。

"……"

瞬间觉得我灌输的鸡汤变味了。

我发现身边很多人都在玩手游，欣宝也喜欢玩电子设备，不是看动画片就是玩手游。

常常有人每到年底就感叹"时间都去哪儿了"，其实很多人的业余时间都奉献给了游戏！

某天午饭后，我靠墙站着休息时，也玩了一会儿游戏，结果不仅花费时间还花费金钱，于是我忍不住感叹："游戏真毒害青少年啊！"

一旁的欣宝说："作业才毒害青少年呢！"

"……"

"作业还毒害中老年！"正在帮欣宝抄错题的林知逸附议。

"……"

对于他们唱的反调，我竟无言以对。

晚上和欣宝一起刷牙洗脸，看着镜子里的我貌似比她要白一个色号，我趁机教育："涂防晒霜会白一些，你看看，我白还是你白？"

欣宝看了一眼镜子里的我俩，说："我黄。"

我想，嗯，还挺有自知之明，继续说："那以后出门要涂防晒霜啊！"

她说："我说我是'吾皇'，你是'巴扎黑'。"

"……"啊？

吾皇就是白茶漫画里那只傲娇的猫咪，巴扎黑是那只可怜巴巴的狗。

貌似在我家，欣宝的地位确实是"吾皇"。

有一天欣宝问我："妈妈，你们单位爱打游戏的小姐姐都有谁？"

我说："我想想啊，我不爱打游戏。"

欣宝说："你是老阿姨，不包括你。"

我说："我不老，我还小，我还是个宝宝。不信你问你爸爸？"

欣宝转头看向林知逸问："爸爸，妈妈还是宝宝吗？"

林知逸毫不犹豫地回答："是。"

欣宝一脸疑惑道："啊？"

林知逸说："她是大宝，你是小宝。"

欣宝哼了一声道："坏蛋！"

林知逸喊欣宝吃晚餐，欣宝贪玩迟迟不去餐桌。

"赶紧洗手吃饭！"林知逸不厌其烦地催促。

"妈妈都不去吃。"欣宝给继续玩找理由。

"你不要和她比。她已经定型了，她怎么吃都只能长膘，你还要长高呢！"林知逸说。

"……"一不小心躺枪了。

欣宝小朋友喜欢马，尤其喜欢独角兽和飞马，或许是受到动画片《小马宝莉》的影响。

毕竟魔法世界令人向往，她喜欢《小马宝莉》就像我们喜欢《哈利·波特》一样。

她喜欢独角兽喜欢到什么程度呢？出去旅行的时候，每到一个景点的纪念品店都去找寻独角兽的相关纪念品。

玩过家家的时候，欣宝经常拿着独角兽玩偶玩角色扮演。有一次她让我扮演其中一个成员。

我们玩得不亦乐乎之际，林知逸走过来对我说："我觉得你更应该扮演'独角胖'！"

欣宝哈哈大笑道："妈妈，爸爸说你胖，他以为'独角兽'的'兽'是胖瘦的'瘦'。"

"……"他哪里不知道，他分明是故意的。


欣宝喜欢在临睡前听一个叫"可乐姐姐"的主播讲故事。

有一天可乐姐姐的公众号开了打赏功能，欣宝说："我也要打赏可乐姐姐。"

林知逸代劳去打赏。

"打赏一个吉利的数字，6.66 元。"

"你怎么不打赏 520 元？"欣宝问。

"那你妈妈怎么办？"

我悄悄在一旁笑。

有一次我从健身房回到家，在镜子前看了看，自言自语："想要拍照好看还得身材好，我要再瘦一点。"

"你是不是很羡慕我这样的身材？"欣宝说。

"并不。"我说。

"你不是想要瘦吗？"她疑惑道。

"太瘦穿衣服也不好看，比如穿旗袍就需要前凸后翘，更有风韵。"

"你这是在吸引渣男呢！"欣宝说。

"……"我哭笑不得，也不知道"渣男"这样的词她是从哪儿学来的。

不过，我很快反击道："吸引你爸。"

"关我什么事？"无辜躺枪的林知逸刚好走过来。


欣宝吃饭时不专心，吃一会儿饭就把书拿过来看。

我说："欣宝，你不要一边看书一边吃饭，要养成专心做一件事的习惯。一边做什么一边又做什么很不好，一边走路一边看手机就很危险。"

欣宝说："可是，可以一边看电影一边吃爆米花啊！"

我还没想好应对的词，她又说："还可以一边睡觉一边打呼噜。"

"……"

林知逸在一旁笑道："'10后'杠精诞生了。"

欣宝说："爸爸还可以一边爱妈妈一边爱宝宝。"

我和林知逸都给她点赞："这个可以有！"

　　欣宝惦记着周六可以买"雪媚娘"，上午让我去订，我立即下单。

　　林知逸说："现在的小朋友太容易得到满足了。我小时候想要辆自行车，想要台电视机，想要块电子表，都等了很多年……"略停顿下，他继续说，"想要一个女朋友也等了很多年。"

　　听到他最后一句话，我情不自禁地笑了。

　　"我不也是等一个男朋友等了很多年？"

　　不管等了多久，不管有多晚，只要最后等的人是你就好。

　　临睡前，欣宝突发感慨："爸爸真是一个值得信任的男人。"

　　"怎么说？"

　　"刚才我让他帮我把被子铺平他就铺平了。"

　　"他很体贴人嘛！不过你爸爸确实是个特别好的男人，你将来找对象就照着你爸爸找。"

　　"那我给爸爸拍张照片，到时候我就照着他这样的找。"

　　"……"我乐了。

　　不是找长得像他的，得找像他对妈妈一样对你那么好的人啊！

　　前两天欣宝为期末考试复习，我和林知逸坐在一旁陪她。

　　"你们俩这是在热恋吗？"欣宝突然停笔，抬头望着我们。

　　我只是挽着林知逸的胳膊和他在看同一本书而已，和我们读大学时一样。

　　"一直在热恋，从来未改变。"林知逸边说边拥抱了我一下。

　　欣宝一言不发，朝我们扔铅笔，扔橡皮，扔练习册……

"我终于知道你之前为何不签售，说'七年之约'的原因了。"林知逸说。

"我想和读者一起成长，一时喜欢只是冲动，经过时间沉淀下来的才是真情。"我说。

"不是，你是怕被扔练习册。"他说。

"……"

有一天晚上，欣宝在洗手间刷牙，我也准备进去刷牙洗脸时，结果林知逸路过，顺势张开手臂将我拥入怀里，我笑逐颜开地也拥住他。

这时，正在刷牙的欣宝像发现秘密一样，欣喜地说："我看到了！"

我和林知逸望向欣宝，发现她正盯着镜子里的我们看呢！

也不知是不是掩饰尴尬，林知逸干脆把我抱起来，说："我看看我能不能抱得动你妈妈。"

"你公主抱试试看。"欣宝提议。

我打圆场："你爸爸这两天搬了很多行李，太累了，可能抱不动。"

"不行不行！爸爸就要给妈妈一个公主抱！像抱我那样。"欣宝吵着说。

林知逸活动了一下手臂，说："我可以的。"

"真的吗？我最近可感觉自己胖了不少。我还是躺在床上吧，你要是抱不起来，我跌床上也不疼。"我将信将疑地走到床前躺下来。

结果，林知逸还真就把我抱起来了！

然后，欣宝哈哈大笑，说："爸爸，你也给我一个公主抱吧！"

后来，我和欣宝说睡前悄悄话，她问我："我刷牙时你们为什么要抱在一起？"

我说："我和你爸爸在谈恋爱啊！"

她"哦"了一声。

我问她："爸爸妈妈谈恋爱你开心吗？"

她说："不开心。"

我疑惑道："为什么？"

"这样你们就把我甩掉了。"

我边笑边说："哪里会？爸爸妈妈越恩爱心情越好，对你也就越好啊！"

她点头道："所以我的爸爸妈妈都不凶，都很温柔。"

傻孩子，父母相爱才是给你最好的礼物，因为，你是我们的爱情结晶。

第 八 章

# 怼你就是对你用心

Love

我发现，当小欣宝变成大欣宝，她怼我的功力渐长，小棉袄变成了小空调。

小时候——

我说："欣宝，世界上你最喜欢谁？"

欣宝（毫不犹豫）道："妈妈！"

声音软糯甜腻，真是全世界最可爱的宝贝。

现在——

下班回到家，我说："欣宝，看看谁回来了？"

坐在沙发上的欣宝抬起头，淡淡扫我一眼说："妈妈。"然后继续玩手机。

"……"这还是那个我去上班抱着我大腿不让我走，下班在门口欢迎我的小宝贝吗？

　　有一次去理发店修剪长发，顺便烫了下刘海儿。回到家，我问欣宝："我的新刘海儿怎么样？"

　　"像假发。"她说。

　　"……"我不甘心，把长发绾起来，"这样呢？"

　　"像男人的头发。"

　　"……"我的三百元烫发费在默默哭泣。

　　第二天上班，同事们纷纷说我的新刘海儿很不错，让我看上去年轻很多，瞬间觉得那三百元花得值。大概是因为刘海儿第二天显得比较自然吧。

　　晚上回到家，欣宝看了我一眼说："你头发变了……"

　　我心想，她这下应该看习惯了，我说："当然变了，同事们都说我年轻了十岁。"

　　"是变老了十岁吧。"欣宝说。

　　"……"这下我真的老了十岁。


　　出去旅行时，我和欣宝经常穿同色系或同款衣服，看起来像"亲子装"。

　　有一天回到酒店，刷牙洗脸时，欣宝看着镜子里一大一小两个人儿，问我："你说我们看起来像母女还是姐妹啊？"

　　"你说呢？"

　　"我觉得像姐妹！"

　　我笑了，摸摸她的头说："我家欣宝真会说话，嘴真甜。"

　　"那你说，谁是姐姐，谁是妹妹呢？"她又问。

按年龄和身高，肯定我是姐姐，这问题还用问吗？难不成她还想当姐姐？

结果，我还没来得及回答，她就说："肯定你是姐姐，因为你比我老，比我丑。"

"……"

婆婆没事喜欢莳花弄草，她春节从贵州带回芍药种子培育，现在长得比旁边的塑料向日葵花都高了。

欣宝坐沙发那边看着芍药说："这两枝真像我们俩！"

"怎么像我们俩啊？"我不解。

"一枝在长高，一枝在长胖。长高的是我，长胖的是你。"

"……"

我们一家和欣宝的同学优优一家一起出去玩。

优优说："我爸爸是一颗行走的卤蛋。"

欣宝问："为什么呢？"

优优说："因为他皮肤黑，还是个光头。"

欣宝说："我爸是行走的段子手，我妈是行走的鸡汤姐。"

优优说："那我们中午饭可以听着段子，喝鸡汤配卤蛋。"

"……"我们几个大人听得一脸窘，父母都被你们玩坏了！

前两天微博发了我和欣宝的合照，她说："我想看看柠檬宝贝们给我的评论。"

看到有读者说"红裙大美人和白裙小天使"时，她说："不对！"

我说："怎么不对了？"

她说："明明是红裙大胖子。红裙大胖子和白裙小天使。"

我："……"

看到有读者说"喜欢大柠姐，喜欢欣宝"时，她说："讨厌大柠姐，喜欢欣宝。"

见她老怼我，我问她："你是我生的吗？"

她甜甜地答："嗯。"

我又问："你到底是不是我生的？"

她依旧甜甜地答："嗯。"

虽然她对我蛮毒舌，但是在飞机上，我说我座位那边空调风太大时，她说："妈妈，你坐我这边吧，我这边不冷。"

听了这话，就觉得很暖。

平时再怼我也是亲娃，该当小棉袄还是小棉袄。爱之深，怼之切，怼我就是对我用心。

第 九 章

# 和男神同桌的时光

1

上学时，每个班上都有个学霸男神，欣宝小同学班上也不例外，这个男神就是汪嘉树。

汪嘉树不但成绩好，而且个子高、皮肤白，长得很帅。他弹钢琴时，一脸认真专注的表情，特别迷人。他弹的曲子如流水般，从他指尖温柔流淌，特别醉人。这样内外兼修的优秀学生，确实是校园里当之无愧的男神。

有一天，欣宝放学回来神秘兮兮地对我说："你知道吗？汪嘉树现在是我同桌。我交作业，他也跟着交了。"

又有一天，她放学回来说："今天默写单词，我没写完，汪嘉树交了试卷走过来对我说：'快写，加油！'"说的时候一脸满足。

## 2

欣宝的班主任让同学们拿着喜欢的玩具，拍一段视频上传到班级群里。

于是，女孩子们纷纷抱着毛绒玩偶，男孩子们则拿着机器人、玩具手枪、剑等。

唯有汪嘉树与众不同，玩转魔方玩得很溜。

林知逸感慨道："男神果然是男神，连玩个玩具都是益智类的。"

我说："这就是秀智商，玩得很高级。"

欣宝也凑过来看视频。

视频的最后，汪嘉树对着镜头说："同学们，听我介绍完魔方，想和我一起玩吗？"

"好的。"某小孩甜甜地答，带着几分羞怯。

## 3

上小学后，欣宝很快适应了小学的生活，但唯一不习惯的，就是每天要比上幼儿园时早起。

而且，她一般晚上精力旺盛，做完作业非要玩一会儿，画画、搭乐高、捏彩泥……玩得不亦乐乎。结果第二天早上就爬不起来了，成了"起床困难户"。

和"起床困难户"这个身份如影随形的，自然就是"迟到大王"了。

老师为了顾全大局，找家长谈话："林慕宁不能再迟到了啊！

不然既影响自己，也影响别的同学。"

我开始自我检讨，以后要做好榜样，晚上也得早点睡。

林知逸却说："欣宝迟到，她自己却不着急，心态够好，所以照样考双百，这点随我。"

我说："那是随我，智商在线才能考双百。"

他说："情商随我，镇定自若。我读小学时就因为经常迟到被班主任说，结果第二天我还会迟到，第三天我才开始不迟到。"

我疑惑道："为什么不从第二天开始就不迟到？"

他说："那样显得我太听老师的话了，我还得有自己的个性。"

"……"

我暗自庆幸，还好还好，你哪怕有个性，也比较听老婆的话。

当然，迟到可不是一个好习惯，我们开始帮欣宝改正，晚上督促她早点去刷牙洗脸，陪着她早睡。第二天一早用她喜欢的歌曲当闹钟叫她起床，再拖着她去刷牙、洗脸、吃早饭。

欣宝学校要求最迟七点五十必须到教室，最好七点四十就到。

这天我们改过自新，七点半就出门了。上学路上碰到欣宝的同桌汪嘉树，欣宝和他打招呼："早啊！汪嘉树。"

不料汪嘉树看见欣宝，却一脸的着急，大喊一声："糟了！"

汪嘉树的爸爸问："怎么了？忘带课本了？"

汪嘉树一脸的无奈："不是！是要迟到了！"

汪嘉树的爸爸看看手表说："这不才七点三十五吗？不会迟

到的。"

汪嘉树看着欣宝，还是一脸的不信道："可是……林慕宁每天都会迟到啊！"

欣宝无语，我今天痛改前非了不行吗？

我哭笑不得。看来欣宝有名了，是班里有名的"迟到大王"。

从此以后，欣宝立了个 flag，要做"早到大王"，不让汪嘉树路上遇见她就担心迟到。

## 4

国庆长假我们去土耳其旅行，在旅游景点逛了一圈后回酒店，欣宝往床上一躺，说："好想上学啊！"

"为什么？"我很疑惑，毕竟她以前说过不喜欢上学。

"可以见我的学霸同桌汪嘉树。"她说。

我总算见识到榜样的力量。学霸做同桌，她学习动力都更强了呢！

不过她也有气馁的时候，比如某天放学回来，欣宝写作业时感慨道："当汪嘉树同桌太……太……太……羞……"一脸的纠结表情。

我替她补充问道："害羞？"

"太羞耻了。"她说。

"为什么？"我问。

"我最近学习成绩不如他。"她垂头道。

"那就迎头赶上啊！"我说。

"好吧。"她有些无奈。

我能体会她那种自卑心理，谁不想在男神面前成为更好的人呢？

## 5

林知逸辅导欣宝做作业，发现她语文书里夹着一张汪嘉树的放假回执条。

林知逸问欣宝："你怎么会有别人的回执条？"

"你别问了！"欣宝一句话给他怼回去了。

"……"林知逸很受伤。

晚上他给欣宝讲睡前故事，欣宝说："那是老师发回来的，汪嘉树给我当书签了。"

## 6

有一天放学回家，欣宝对我说："今天我帮汪嘉树盛饭了。"

"为什么你要帮他盛饭？"林知逸闻言走过来说。

"因为他帮我盛汤啊！"欣宝说的时候，面带小女生的娇羞。

"……"我和林知逸面面相觑，无言以对。

## 7

这天欣宝放学回来倒头便睡,第二天早上六点就醒了,一醒来就喊:"爸爸!"

"来了!"林知逸闻言从被窝里爬起来。

我说:"唉,最近忙工作陪她少了,地位不保啊!一醒来都不喊妈妈。"

"爸爸!我作业还没写!快帮我!"欣宝说。

噢……地位不保就地位不保吧,还是睡觉比较重要。

就算醒了睡不着,还是赖会儿床舒服。陪孩子写作业这种劳心费力的事,就交给耐心十足的林知逸吧。

欣宝起得早,出门自然就早,出门时她和我道别,然后双手合十,虔诚地说:"希望老天爷保佑保佑我。"

我说:"保佑你考 100 分?"

她说:"不是,保佑我在去学校的路上遇到汪嘉树。"然后,一脸憧憬地说,"上学时能遇到学霸是一件多么美好的事啊!"

## 8

前两天,欣宝告诉我:"汪嘉树说,他难过的时候就会吃点糖。"

我说:"他告诉你的吗?"

她说:"不是,我听他自言自语的。我打算带糖去学校给他吃。"

林知逸一听，说："我也难受，怎么办？"

"你也吃糖。"欣宝回道。

我心想，林知逸说难受，大概是有种"女大不中留"的感觉，毕竟她那么小都知道关注小男生了。

这不，欣宝还真带糖去学校了。

放学回来，她对我说："我今天带了八颗糖，本来想的是我一颗，汪嘉树一颗，我一颗，汪嘉树一颗……"

"结果呢？你的糖送出去了吗？"

"结果，蔡蔡吃了三颗，我吃了两颗，遥遥吃了两颗，倩倩吃了一颗。"

"那最后汪嘉树没吃到？"

"还好，他又考了 100 分，老师奖励他一颗糖。"

现实果然和想象是有差距的——

欣宝：想送糖给男神，自己一颗、男神一颗慢慢分享，结果被闺密们瓜分干净。

结论：男神重要，但闺密们比男神更重要。

汪嘉树：靠迷妹送糖不靠谱，还是自力更生更靠谱。

## 9

欣宝小朋友期末考试后一周去学校拿成绩单，回家后拿着一等奖奖状，得意地说："我英语考了 100 分，汪嘉树这次都没考到100 分呢！"

林知逸说："看来你考试之前拜男神有用了。"

考试那天早上，欣宝说："要考试好紧张啊！"然后双手合十道，"汪嘉树保佑我考 100 分吧！"

林知逸当时说："人家都是考前拜菩萨，你是拜男神啊！"

结果还真有效！有效到都把男神平常的"100 分"吸走了。

现在一年级评奖比我们上学时人性化多了，几乎每个小朋友都能拿到奖状，分为一等奖、二等奖、三等奖。三门课成绩到哪个等级就拿哪个奖，老师会给他们各等奖分别拍合照。我读小学时，第一名只有一个，如果我考不到第一名，过年都没新衣服穿。

这次，欣宝和汪嘉树都是一等奖，和其他一等奖得主一起合照。

我在合照上发现了亮点，对欣宝说："这次拍照，汪嘉树就站在你旁边呢！"

一瞬间，欣宝嘴角扬起含羞带怯的微笑，说："是我先站过去的，也不知道他什么时候站过来的。"

第二天早上欣宝醒来，说做梦梦见汪嘉树了，梦见很多女同学看着汪嘉树说："汪嘉树好可爱啊！"

我感叹："这不是言情小说中女生见到男神花痴的片段吗？"

林知逸感叹："完了，感觉我的女儿不再属于我了……"

## 10

临睡前，照例和欣宝聊天——

欣宝说："我发现我们班好多女生都喜欢汪嘉树，还说长大要和他结婚呢！"

我一边在内心感慨现在小学生都这么早熟了吗，一边装作若无其事地问："那汪嘉树喜欢谁呢？"

欣宝说："我有一次问他，你喜欢谁呢？他说：'Wu。'我还以为他喜欢吴正泉呢！吴正泉是个男生！"

我狂笑："哈哈！他大概说的是'无'，就是'没有'的意思。"

据说汪嘉树有一次放学回家，让他爸爸多准备一些房子。

他爸爸问："为什么要多准备房子？"

他颇无奈地说："我们班那么多女生都要和我结婚，你当然要多准备房子了，不然住哪儿？"

## 11

周一早上，欣宝说："我还想穿那件猫猫衣服。"

她说的猫猫衣服，就是胸前有只猫咪图案的 T 恤。上周早上多是林知逸送欣宝上学，他相对懒，没有给她搭衣服，欣宝连续三天都穿了那件猫咪 T 恤。

我不解地问欣宝："你以前说某同学好久不换衣服,这样不太好,猫猫衣服你上周都穿好几天了，怎么今天还要穿呢？"

她说："因为我上周穿猫猫衣服的时候，汪嘉树穿的衣服上面有鱼。"

"……"敢情是想上演"小猫爱吃鱼"的戏码？

## 12

下午，欣宝上完拳击课，哼唱着歌一蹦一跳走进家门，看起来心情很愉悦。

我那时正在房间里写作，通常她是不会过来打扰我的，结果她在客厅大声喊："妈妈！你知道吗？"

"什么？"我回道。

"今天汪嘉树来看我打拳了。还喊'加油'！"欣宝兴高采烈地走过来说。

欣宝继续说："又不是比赛，喊什么'加油'嘛！"口气看似嫌弃，却一脸得意。

我问："他怎么去了？"

"他每个周日都去。"

"啊？每个周日都看你上课吗？"我很吃惊。

"他刚好周日去学游泳。"欣宝说。

哦——那就好。我松了一口气。

"那你要不要学游泳？"教育她的机会来了。

"要！"果然，她毫不犹豫地答。

# 13

前几天欣宝参加同班同学的生日聚会，其中有一个互动环节，主持人要大家都说说同学的优点。一共九位同学，其中五位都说了汪嘉树的各种优点：有夸他学习好的，有夸他上课认真的，有夸他钢琴弹得好的……

轮到欣宝发言时，她夸了汪嘉树旁边的女生："我觉得李佳然上课发言很积极。"

其实我知道欣宝心里是想夸夸汪嘉树的（因为她经常在家里说他的优点），但是那会儿估计她找不出汪嘉树的新优点了，都被前面的同学夸奖过了，于是她随便找了个同学来夸。

轮到汪嘉树发言时，主持人抢先给他定了个规则："汪嘉树，你不能夸李佳然了，今天你们俩是获得表扬最多的两位，你夸夸其他同学。"

汪嘉树愣了一下说："那，好吧，我觉得林慕宁画画很棒！"

他说完，同学们都鼓起掌来，都一起欢呼："林慕宁，汪嘉树说你画画很棒哦！"

估计欣宝完全没有想到汪嘉树会点她的名字，那时她正专注地在舔蛋糕托盘上的巧克力，嘴角还沾有黑色的巧克力渣（请自行脑补小花猫的形象）。她抬起头来，一脸蒙圈地问："怎么啦？怎么啦？"

看来，跟学霸男神比起来，欣宝更关注巧克力蛋糕，果然是吃货本色啊！

## 14

又到欣宝小同学返校拿期末考试成绩单的日子，前一天晚上她就开始忐忑不安："明天要拿成绩单了，一点都不想去，有点紧张。"

林知逸说："如果你是汪嘉树，你还会紧张吗？"

"就算我是他，我也会紧张啊，紧张的是万一考不到100分呢。"

"那你紧张什么？"林知逸问。

"怕考得不好，你们不带我去看《狮子王》。"

"你暑假表现好，也可以带你去看《狮子王》。"

"那我好好做暑假作业……"欣宝表决心，满脸却写着"不情不愿"。

那天中午，我在办公室忙工作，手机响了，但响了两下就不响了。

是林知逸在微信里请求音频聊天，前面有两条语音，点开——

"妈妈，你猜我期末考试数学考了多少分？汪嘉树考了多少分？"

"还有英语，你也猜猜。"

我心想，这小家伙没等我下班回家，就迫不及待地想告诉我成绩，一定是考得不错，最起码都是95分以上，有可能其中有一门考了100分。

于是我回道："我猜你数学考了98分，英语96分，也有可能其中一门是100分。"

很快，欣宝用语音回过来："我的数学是100分，班里唯一的

100分，汪嘉树得98分。我英语也得100分。"声音甜美中带着得意。

我马上向小姑娘表达了祝贺，也向平时辅导欣宝做作业的林知逸表达了感谢。

大概难得考到班里第一，欣宝为此兴奋了好久。

临睡前她还抱着毛绒牛说："小牛牛，我这次数学可是班里唯一的100分哦！"

我陪睡时，她悄悄对我说："我之所以考了100分，大概是因为我拿了男神汪嘉树的头发。还真的有用呢！"

男神的头发？我想了下这其中的逻辑关系。

"头发长在脑袋上，学霸脑袋聪明，所以有用。"她解释道。

这位不太喜欢数学的小姑娘都不敢相信自己数学考100分，还给自己找了理由。

不过，关于男神汪嘉树的头发，倒是有"典故"的。

有一回，我和欣宝一起刷牙，她神秘兮兮地对我说："我有汪嘉树的头发哦！"

"啊？"正在刷牙的我大跌眼镜。

"不是我揪的，是它自己掉落的。我看他耳朵上有根头发，就把它拿下来收藏了。"欣宝说。

老夫的少女心啊！这简直是偶像剧里的情节好吗？

"你为什么要收藏？"我问。

"留个纪念，以免忘掉学霸。"欣宝义正词严地说。

"为什么怕忘掉？"这个情节就算我写小说也想不到啊！

"连学霸都忘记不是笨蛋吗？"她说。

好吧，这逻辑没毛病，是我想多了。

## 欣宝日记二则

2020 年 11 月 19 日 星期四　天气：晴　心情：晴转多云

数学练习册上有道题是这样的——

"小华把量角器的两个角都弄折了，请问他怎么量出下面这个角的度数？请把你的操作方法写在下方。"

我扫了一眼题目，连坏的量角器图片都没看，直接填答案："买一把新的量角器。"这简直是一道送分题嘛！

没想到同桌汪嘉树瞥了一眼我的答案，笑得毫不留情。随后，他把我答的题拿给畅畅看，畅畅笑晕了；他又拿给虎子祥看，虎子祥也笑蒙了。

我忽然意识到哪里不对劲，赶紧抢过练习册，把答案擦掉。

回到家，跟我妈提及此事，我说："当时场面十分尴尬！"

我妈却乐不可支地说道："你倒挺大方，还直接买把新的。反正不用你花钱，我出钱，对吧？"

2021 年 7 月 9 日　星期五　天气：晴　心情：晴天霹雳

今天学校里发生了一件大事——

几乎每次都考 100 分的学霸级男神汪嘉树要转学了！

得知这个消息，同学们都很伤感。

放学后，传说中喜欢汪嘉树的刘圆圆哭了，汪嘉树见状也哭了。这一哭，引得平时和他要好的小伙伴们都哭了。

他们哭作一团。在这种氛围下，我觉得我不哭说不过去，毕竟和汪嘉树也做过几回同桌。

我拼命想挤出点眼泪来，于是闭着眼睛使劲哭，但还是没能挤出眼泪。尽管无泪，哭声却不小，因此看起来比真哭还凶猛。

回到家，我把此事告诉爸爸，爸爸说："看来你们同学之间的情谊挺深厚。"

我说："也不全是，我难过的是，以后没有人可以给我抄作业了！"

爸爸一脸无奈地看着我："就因为这个哭？"

"还有呢，汪嘉树走了以后，我们组的平均分也会拉低，流动小红旗就保不住了……呜呜呜。"


生命是一场遇见，人生旅途中，我们每个人都会遇见许多人。遇见即是上上签，哪怕注定最后要分别。

不知欣宝长大后还会不会想起她曾有个叫汪嘉树的同桌，这个同桌陪伴她度过了小学最初的四年时光，也让她体会到离别的滋味。人生中有遇见就有离别，虽然离别难免有点感伤，但至少一起同桌的故事丰富了她的童年回忆。

## 第 十 章

# 和小神兽斗智斗勇

# 1

寒假期间，欣宝和我们去了三亚、广州旅行。刚开学这几天，欣宝还不太适应，她觉得上学没有旅行好玩。

她还幻想着时光能倒流，倒回到去三亚的前一天晚上。

我告诉她，学习也是生活的一部分，要爱上学习。

我对她说："能上学是一件幸福的事。想当年，妈妈读大学时缴学费都困难，我为了能读完大学，不但兼职做家教、为杂志写稿子，还要努力学习拿奖学金。"

欣宝问："外公没钱给你上学吗？"

这个关注点是不是有点偏了？

我说："外公还要供阿姨和舅舅读书，所以没钱供我读大学了。那时候，我就被冠上了'贫困生'的标签。哪怕后来我自力更生，拿到奖学金、稿费和兼职工资，能生活得很滋润，都不敢买一瓶好的护肤品，因为别的同学会觉得'贫困生'不应该拥有护肤品。所以，我当时立了个 flag，我一定要好好工作努力赚钱，我不想让我的孩子当'贫困生'。"

我以为欣宝会感动得涕泪横流，毕竟我为了她能自由地上学，曾那么努力地奋斗过。

结果，欣宝说："要是我是贫困生就好了，那样我就不用上学了。"

"……"

老母亲努力奋斗就是为了你好好读书的！鸡汤白灌了！

## 2

欣宝小朋友即将开学，无奈作业大山还横亘在面前，只得临时抱佛脚。

慢性子的林知逸一点都不为欣宝着急，而我却心急如焚，抓紧时间辅导她做作业。

她给自己定了三项作业，完成两项时，她说："要不看会儿书再做作业？"

我说："还是一鼓作气，做完了再玩吧。听过一个成语吗？叫作'苦尽甘来'！做完作业后，你就可以去做自己想做的事情了。"

欣宝闻言没说话，骑着滑板车玩了一会儿，然后过来对我说："妈妈，听过一个成语吗？叫作'劳逸结合'！古代人就是想让小孩做作业轻松一点。"

"……"这么能耐，都会以其人之道还治其人之身了。

## 3

有一天晚上，欣宝问我："妈妈，我为什么要上学读书？"

我说："上学读书能改变一个人的命运。"

欣宝不解道："什么意思？"

我说："打个比方吧。你爸爸以前出生在一个小山村，因为读书他才有机会考上大学，来到大城市。"

欣宝说："哦……我本来就在大城市啊！而且，我觉得小山村挺好。"

我说："关键是你爸爸因为读书变成了一个有眼光的人，发现了妈妈，然后生了你这个可爱的女儿。"

林知逸说："敢情我上学读书就是为了遇见你们。"

## 4

这天，欣宝在学校做试卷拿到了双百分。

晚上林知逸陪她做作业时，她问道："爸爸，你小时候考试也能考 100 分吗？"

林知逸回答："当然能，爸爸可是班长。"

欣宝又问："那你拿的 100 分多吗？"

"多啊！"

"那你拿了多少奖状？"

"爸爸拿了一面墙奖状。"林知逸忆起当年勇，语气里情不自禁地透着骄傲和自豪。

"哦——你只拿了一张'一面墙'的奖状啊！那没我的多，我拿了好几个'一等奖'奖状呢！"欣宝的语气里透着"青出于蓝而胜于蓝"的骄傲和自豪。

我和林知逸都笑喷了。

林知逸说的是他拿的奖状贴了整整一面墙，欣宝却以为他拿的奖状称号叫"一面墙"。


## 5


看龙应台的新书《天长地久》时，看到一句话颇有感触——"此生唯一能给的，只有陪伴，而且，就在当下，因为人走、茶凉、缘灭，生命从不等候。"

欣宝窝在沙发上看手机，我指着书上那句话对她说："你看，陪伴最重要，你来陪妈妈好吗？"

"好的好的。"她答应得很爽快。

我倍感欣慰。

孰料，她接下来说："等你老了我再陪你。"

"……"我无语问苍天。

看我有些失望，她说："怎么，她不是她妈妈老了才陪她的吗？你看书是不是理解能力有问题？"

"……"老母亲一把辛酸泪。

## 6

这个星期欣宝因为感冒请了一天假没去学校，昨天放学回来，她说："天天睡在被窝里，人叫我也不想起；家里只要有玩具，上学抛到脑后去。"

我听完笑着问她："你从哪儿听来的？"

她说："我原创的。"

我说："这点倒是随你爸，随口就能来一首打油诗。"

林知逸一脸傲娇道："随我！出口成章。"

我已经可以预见，未来口才方面我不会是欣宝的对手。

## 7

因为新冠肺炎疫情，春节假期我们只能宅在家，于是我的日常便以带娃为主。

白天——

"老妈……陪我一起做作业！"

"老妈……陪我一起画画！"

"老妈……和我一起背唐诗！"

晚上——

"老妈……子，陪我一起刷牙洗脸。"

"……"我满头黑线，咋成老妈子了？

"老妈"和"老妈子"一字之差，意思差别好大！

"好好叫你妈妈，她可是我的小少女。"林知逸为我打抱不平。

"那好吧……小妈妈。"欣宝说。

"……"

## 8

晚上，欣宝本来坐在桌前做作业，不知怎的她突然想喝珍珠奶茶。

"这么晚了，喝奶茶不太好。"我说。

"不！我就要喝！"欣宝说，"爸爸给我买！"

"奶茶也不是健康的饮料，老喝不太好。"林知逸说。

"不行！我就要喝！你给我买！"欣宝任性地说。

双方僵持不下，欣宝使出"撒手锏"——往地板上一躺，表示抗议。

又来了……我有些无语。

这不是我小时候玩剩下的招数吗？

前几天她第一次用这招时，我仿佛看到了小时候的我。

那时候我和父母表达抗议时，常会往地上一躺，但最终被我爸的魔掌驯服了。以至于有一天我正躺地上和奶奶怄气时，忽闻爸爸下班回家的自行车铃声，我以迅雷不及掩耳之势从地上爬起来。

不过还是晚了一步，我爸问我："刚刚你躺地上干吗呢？"

我说："我躺地上玩呢！"

此事后来一度成为家庭笑谈。

上次我问欣宝："你闹腾躺地上好吗？"

她说："好啊！我躺地上很放松，可以和天地交流。"

"……"一代更比一代强，这回答比我小时候高级多了。

此刻，欣宝躺在地上闹腾，扰得我无法静心看书。

我拿出家长的威严道："你这样闹腾，这个家我都没法待了。"

"那你离家出走啊！"欣宝毫不犹豫地说。

"……"明明我是家里的主人好吧！

"你到房间里去看书吧，我在这儿带她就好。"林知逸大概担心"战事"升级，"赶"我去卧室。

不知过了多久，客厅里传来欢笑声。我听见欣宝说："真好喝啊！"

我纳闷，林知逸是怎么和平解决问题的？是不是如欣宝所愿，给她买了珍珠奶茶？

这时，林知逸推门进来，手上端了杯橙汁，递给我说："鲜榨的橙汁，补充点维生素 C，感冒就好得快了。"

我接过橙汁，一饮而尽。

我问他："你刚才给欣宝喝的也是橙汁？"

他说："是啊！"

"她不是要珍珠奶茶吗？"

"你没看到问题的本质，你生气你就中招了。"

"啊？"我一头雾水，"本质是什么？"

"本质是她做作业做烦了，以要喝珍珠奶茶的名义给我们找点事做，并以在地上打滚相威胁。我们要是同意呢，就助长了她这种坏习惯，你要是跟她急呢，她就有借口了：宝宝不开心了，宝宝不做作业了，明天早上出门前，你们还不得乖乖告诉我答案，让我往卷子上填啊！"

"你太高了！"我虽然感冒，脑子转不过弯来（不感冒大概也转不过弯），但还是有种"魔高一尺，道高一丈"的感觉。

"我们看破不说破。"林知逸露出"知女莫若父"的笑容，然后端着我递给他的空杯子走了出去。

"爸爸，周末你给我榨芒果汁吧！"

很显然，珍珠奶茶早已被欣宝抛到了九霄云外。

我暗自庆幸，好在林知逸的情商高，不然我肯定不是这小孩的对手。

第 十 一 章

# 遇见一个人，
# 做尽浪漫事

　　"女生节"那天去单位上班，在办公楼大厅遇见一位男同事，他手上拿了一束红玫瑰。

　　我说："哟！'女生节'你还能收到鲜花啊！"

　　他说："我给部门妹子买的。"

　　"哇！你这么浪漫，部门妹子好幸福啊！"

　　他问我："大林姐夫没送你花吗？"

　　我说："老夫老妻了，生日收到花就成。"

　　但是，没想到刚到公司没多久，我就接到快递员的电话。居然有人在"女生节"给我送花！

　　收到花的时候，内心还是欣喜的。

　　我打开随花附带的卡片，上面写着——

一年 365 天，你 364 天都是我的女王，只有今天，你是我的小女孩。

林知逸

一旁的同事见我笑得像个花痴，问我："谁送的？"

"是大林送的。"

同事说："你们要不要这么浪漫啊！早上刚分别一刻钟，就收到了他的花。他这是要随时随地陪在你身边吗？"

以前我常说不在乎形式，然而，爱情中的小细节，真的是一种温馨浪漫的小确幸，可以让一整天都充满了芬芳。

我和林知逸去楼下超市购物回来，牵着手一起等电梯。

他说："今天晚上本来有同学聚会，我没去，给他们发了我上健身课的小视频。他们说，你也不胖啊，是什么动力促使你这么努力呢？"

"你怎么回的？"我很好奇。

"我随便回了个表情糊弄过去了，"顿了一下，他又说，"真实原因是我有偶像包袱。"

"是因为我把你写到书里，你成了男主角，有很多读者的原因吗？"我问他。

"不是啊！是因为身边这个迷妹。"

他甩了甩我的手。

迷妹的嘴角情不自禁上扬。

中秋节晚上，我和林知逸坐在客厅的沙发上看芒果 TV 的中秋晚会。

刚好播到张信哲在唱《有一点动心》："我和你，男和女，都逃不过爱情。谁愿意，有勇气，不顾一切付出真心……"

熟悉的旋律透过岁月的烟尘，悄然拨动心弦，唤醒这首歌陪伴过我的少女时代。

"这首歌真经典，当时听的时候还在读中学，现在听起来仍然觉得好听。"我感慨道。

"我也喜欢这首歌，当年还花巨资 9.8 元买了张信哲的专辑。"

"这么巧，我当年也省吃俭用买了收录这首歌的专辑，我记得那张专辑的名字叫《等待》。"

我们彼此不相识时，在不同的地方做了同样的事，听着同样的歌，这算不算一种缘分呢？

"我喜欢坐车的时候，戴上耳机听歌。为了能安静完整地听完一张专辑里所有的歌，我希望车程长一点。所以，当年填报高考志愿的时候，云、贵、川三省的大学都不在我的考虑范围之内。这样，在漫长的旅途中，就有喜欢的音乐一直陪伴着我走到终点。"

原来他到 C 大读书是这个原因啊！要不是他想路程离家远一点，我可能不会遇到他。

"没想到你以前那么浪漫，原来你还是有浪漫细胞的嘛！"我一直以为金牛座的男生不够浪漫，林知逸的浪漫是我调教有方，其实人家本来就有浪漫天赋。

"这有什么！我觉得最浪漫的事是我在前往大学校园的路上，

听着张信哲的《等待》专辑，等待一个让我'有一点动心'的女孩，耳机分她一半。结果在大四那年我真的等到了让我动心的女孩，一个可以一起分享好听歌曲的人。"

经典老歌本就撩拨怀旧心绪，结果经他这一说，我愈加动情了。

夜深了，临睡前，关上灯，林知逸忽然说："我带你看月亮。"

他边说边下床，拉开窗帘。

我跟着他，来到窗前，只见被两栋高楼隔断的夜空挂着一轮明月，皎洁如雪。

"今晚的月亮好亮啊！"我不禁感叹。

"不及你亮，明月在天，你在我心。"他望着我说。

一天林知逸接我回家，他将车子开到地下停车场，然后倒车入库。

他这次停好车并未着急下车，而是打开音乐，说："我们坐在车里好好欣赏这首歌吧。"

In that very moment

（在那个特别的时刻）

I found the one and

（我找到了我的唯一）

My life had found it's missing piece

（找到了我生活中缺失的那部分）

······

这是生日那天，他带我去古北水镇看孔明灯时的背景音乐 *Beautiful in White*，这首歌讲的是女生披上婚纱之际，男生向她深情表白。

那一刻，动听的旋律将我再次带到看孔明灯升上夜空的浪漫场景。

"从这里听是立体音效果。"林知逸说。

"哪里？"坐在副驾驶位的我还沉浸在音乐中，一脸茫然地问。

"你过来一点。"他让我往我俩的座位中间靠。

我靠近了一点，竖起耳朵听有没有不同。

"你再过来一点。"他继续说。

我依言又靠近一点。

"闭着眼睛听，感觉更好。"他说。

我刚闭上眼睛，结果——

他的呼吸猝不及防地逼近，我的脸颊就这样被他偷袭了……

等我回过神来，转过头，看到他正露出孩子般得逞的笑。

每年国庆假期，林知逸都会陪我回江苏老家。老家的洗手台水龙头有些低，弯腰洗头不方便，每次回家，都是林知逸帮我洗头。

准确地说，他只是充当了"热水水龙头"的角色，他准备好一盆温水，用杯子舀了往我头上浇。

但不知怎的，总感觉这个画面特别温馨，暖心程度不亚于他帮我吹头发。

他说："我读小学时，就看到有人这样帮老婆洗头。"

我问："那你看到时怎么想的？"

"我觉得好浪漫。"

"有没有想着以后给将来的老婆洗头？"

"我说了你不要打我。"

"怎么了？"

"当时我们班有个女生蛮好看的，我便想，如果长大以后，她能成为我的女朋友，我就给她洗头。"

"……她不会就是你暗恋的对象吧？"

"我情窦初开，不懂什么是暗恋。不过因为她，我想了很多和她一起做的事。比如在校园里牵手漫步，在雨中共撑一把伞，我骑自行车带她……当然都没实现，我从来都没和她说过我喜欢她。"

"现在后悔了吧？"

"哪有？所有相遇都是缘分，错过的就不是对的人。不过我要感谢这段经历，因为它让我可以幻想很多情侣之间浪漫的事，而这些浪漫的事我都和你做了。感谢你让我梦想成真。"

"好吧……"很奇怪，这次我居然没有醋意泛滥。

毕竟，我已经拥有了和他在一起十多年的浪漫现实，而那个他小学时喜欢过的女生早已消失在人海。

其实，每个人情窦初开时，心中都有一个喜欢的人。少数幸运者能和暗恋对象白头偕老，大多数人只能在多年后回首往事，留在生命中的，又不过是一张泛黄的毕业照。

我问他，如果有机会再遇见那个女孩，他会如何。

他说："前阵子小学同学把我拉进一个同学微信群，里面就有她。"

"那你和她联系了吗？叙旧了吗？"

"没有。我都没加她的微信。我觉得没什么必要再联系了，也不想制造不必要的误会。"

这就是我的林知逸，永远值得我信赖的人。如果他们打算见面叙旧，我知道了，即使我有醋意，我也绝不会阻拦他。因为我相信他。

我们或许都曾和小时候的林知逸一样，幻想过很多浪漫的事，然后等待遇见一个人，和他一起做尽所有浪漫的事。

## 第 十 二 章

# 有 趣 的 谐 音 梗

# 1

临近春节，网购了一盆漳州水仙做年宵花。

向店家请教养水仙之道，店家发来文字及相关视频。需要先清洗水仙球，然后加矮壮素浸泡二十四小时，再清洗装盆。

因为是快递空运过来的，无法发矮壮素，店家说可以用阿司匹林或盐巴代替。

欣宝兴致勃勃地要清洗水仙球，林知逸舀了一勺盐过来。

欣宝洗了几颗球后觉得无趣，便溜走玩耍去了。我想去接她的班，林知逸说："你不是手指划伤了吗，我来洗吧。"他说着，将手中装盐的勺递给我。

我的手指是先前拆快递时，不小心被划了一道口子。

结果他刚转身洗水仙，我探头看，一不留神，盐勺一歪，盐撒在了他的毛衣上——顿时，黑毛衣上白雪点点。

"呀！我又搞破坏了！盐撒你身上了！"我说。

"这还没开始养呢，你就让我为水仙'带盐'（代言）。"他一边不动声色地说着，一边自顾自地洗水仙球。

我和欣宝闻言，都忍不住笑了。

## 2

睡前躺床上看书，看到书上说最有魅力的男人是有些好色的才子，脑中最先浮现的是唐伯虎。

林知逸刚好洗完澡从浴室出来，我对他说："女人最容易被像唐伯虎这样的风流才子吸引，难怪哲学家都说好色的才子最有魅力。还好，你这个好色才子只好我的色。"

"对，我是好色之徒。"他点头。

"哪有人自己承认自己是好色之徒呢？"我纳闷了。

"我爱好色（摄）影啊！当然是'好色（摄）之徒'。"

"……"没毛病，"色"和"摄"在他读起来都是"se"。

## 3

欣宝爱喝珍珠奶茶，而且最爱小区里一家奶茶店的。

有一次去某餐厅，她看到奶茶就点了。

拿回来后，她没喝几口，我问她："你不是最爱喝奶茶吗？怎么不喝了？"

她说："这是丝袜奶茶，没有平时的珍珠奶茶好喝。"

"失望奶茶？怪不得你失望了。"林知逸说。

"……""s""sh"不辨，也是没谁了。

## 4

有一天我穿了黑色阔腿裤搭浅灰格子西装，问欣宝："妈妈今天是不是穿得和平时不一样？"

她抬头："有啥不一样啊？"

"有没有穿得很职场？"

她撇嘴道："还好吧。"

林知逸说："不是职场的。"

我说："西装也不够职场吗？"

林知逸说："不是纸厂的，是印刷厂的。"

"……"

## 5

下班回到家，发现我和林知逸为纪念结婚十年在土耳其旅拍的婚纱照册子到了。

册子外表很精美，引得我很想一窥究竟，但还是忍住了。我想等到洗完澡，和某人躺在床上一起欣赏。

拍婚纱照有一种仪式感，看婚纱照也需要仪式感。

我问林知逸："我们的婚纱照册子到了，你看过吗？"

他说："没有，等你回来一起看呢！要不，现在一起看？"

我说："现在别看了，等你洗完澡，清爽的时候看。"

"亲——爽——的时候看。"他看着我一脸坏笑地说。

"……"

到底是我普通话不够标准，还是他故意歪解我的意思？

## 6

经常关注的一个时尚博主推荐了六款包包，其中两款我刚好有。

我对林知逸说："有个知名时尚人士推荐了六款包包，其中两款我都有。感觉我还是个'时髦精'呢！"

林知逸说："哎哟喂！你是湿毛巾，我是干毛巾，我们天生一对！"

"……"简直没法和他聊时髦话题了。

## 7

有一次，我的拳击课教练跟我讲了个故事。他说有个学了半年拳击的女学员前两天和朋友们去饭店吃饭，有人想故意找他们的碴儿，女学员做出拳击格斗式，气场十足地说："我练过拳的！"结果找碴儿者见到这架势，也没惹他们，灰溜溜走了。

教练说："练拳击除了能锻炼身体，还能让你掌握一门技能，关键时刻可以防身。"

简直打开一片新天地！我之前对拳击的理解还停留在运动员打比赛和在健身房锻炼身体上。

晚上我回到家洗完澡，林知逸刚好把欣宝哄睡着了。

我想起拳击教练的话，迫不及待和他分享，并认真地说："以后我也要好好练拳击，还可以防身呢！要不，你试试我的力道如何？"

他掌心朝我，说："来吧！英雄！"

我摆好格斗式，出前拳，直击他的左掌心。

又让他伸出右掌，然后出后拳，直击他的右掌心。

"怎么样？猛不猛？"我问。

他说："我感觉蛮萌的。"

"……"萌和猛，发音不一样啊。

我不服："刚才我没怎么太发力，你再让我打一下。"

他说："这样太不公平了。"他边说边脱衣服。

"陪我练个拳而已，脱什么衣服啊？"

"我得和你穿一样啊。"

"……"我看了一眼自己，刚洗完澡，迫不及待分享拳击心得，结果只穿了件吊带。

看他也只穿一件衣服，做好陪练的姿势，我的拳实在出不下去了，因为狂笑不止。我们这样子打下去像是在"肉搏战"，不像在练拳啊！

他却还在鼓励我："来嘛！英雄！"

"英雄今天不打了，得去睡觉，醒来才是一条好汉。"我决定收工。

"那我们去床上继续打。"

"……"

怎么感觉待会儿我会成为他的"陪练"？

# 8

大学男生寝室。

男生甲吃完泡面，心满意足地说："小乙，这桌上的泡面快凉了！我就趁热吃了，对于我这样助人为乐的行为，你要不要赞一个？"

男生乙暴跳怒骂："老子下楼取个快递，你把我泡面吃了！我还赞你？我赞你就是你孙子！"

这时，林知逸推门而入，淡定地对男生乙说："那你岂不是公孙瓒吗？"

众人哄堂大笑……

这是林知逸今天一早对我说的，他昨晚做的梦。

真是幽默青年欢乐多，做个梦还能自娱自乐！（笑点是"公孙瓒"的谐音梗。）

# 9

晚饭前，欣宝问我："妈妈，9月12日生日的话，是什么星座啊？"

"是处女座，你啥时候对星座感兴趣了？"

"哈哈哈，太搞笑了，我们班学霸汪嘉树是个男生，却是处女座的。"顿了一会儿她又说，"我一直都对星座感兴趣啊，我是双子座，爸爸是金牛座，妈妈是天蝎座。"

婆婆这会儿端着饭过来说："让一让，我进去坐。"

"对了，奶奶，你是什么座的啊？"欣宝问奶奶。

婆婆一本正经地回答说："我是肉做的。"

# 10

为了能出国旅行时用英语流利地与外国人交流，我最近每天坚持学半小时英语。

这天学到"to do"不定式，老师在讲关于"to do"的用法。

婆婆听到了，跟着说："土豆，土豆……"

我狂笑。是"to do"，不是土豆！

婆婆大人真是太可爱了！

还记得北京奥运会时，经常说"One World, One Dream"，婆婆那会儿跟着说："娃儿咧玩的玩具。"

## 11

晚上我正在洗手间刷牙洗脸，欣宝跑过来，问我："妈妈，你喜欢红包吗？"

"红包？"我疑惑了，她说的红包应该不是我们微信上可以发送的"红包"吧？难道是红色的书包？

"我最近收到了一个新红包，你要看吗？"她笑眯眯地问我。

我说："好啊！"

她撩起袖子，指着自己手臂说："看，手上被蚊子咬的红包。"

"……"连欣宝都来套路我了吗？

## 12

2021年春节，因为新冠肺炎疫情，我们响应国家号召，留京过年。

辞旧迎新，过年前免不了大扫除。我足足花费四天时间，才将欣宝的房间收拾出来。

临睡前，我见她抱着毛绒玩具躺在被窝里，特别乖巧可爱，又看看如公主房般清爽温馨的卧室，问她："今天睡自己的床有什么感受？和平常有什么不同？"

"非常不感动。"

"啊？"

不感动就不感动，还加个"非常"，加强语气做什么？

"一点都不感动。"她又说。

我一个生活小白收拾了几天，让你的房间率先从乱糟糟中解放获得明亮，手指不小心都磕碰受了点小伤，你还一点都不感动！

我正打算教育她，希望她将来学会自己整理房间，就算不收拾也要懂得珍惜别人的劳动成果。

孰料她说："屋里太整洁了，我不敢动，我怕一动，被子就被我弄乱了。"

"……"

原来，此"敢动"非彼"感动"！

## 13

欣宝小朋友最近迷上了"脑筋急转弯"，连听睡前故事都要听脑筋急转弯。

有一天我陪她一起睡，听完电台主播讲的脑筋急转弯后，她说要给我出个脑筋急转弯的题。

"贺、花、鸟、鱼、春、夏、秋、冬，你最喜欢哪个？"

我想了想，这些字之间有关联吗？我其实都喜欢呢！爱鸟语花香，爱春夏秋冬，也爱吃鱼，怎么选择呢？

"只能选一个吗？"我问。

"只能选一个。"她笃定地说。

"那就'鱼'吧，大柠爱吃鱼嘛！"

"不对！"

"那是什么？"

"正确答案是'贺'。"

"为什么？"我不解。

"'贺'是'加贝'啊！我们家加个贝贝，就更幸福啦！"

我笑了，"贺"是"加贝"，谐音"加倍"，一语双关，确实和"我最喜欢"相配。

想来欣宝应该没有出这个脑筋急转弯的能力，我问她："你从哪里听来的这个脑筋急转弯？"

"爸爸说给我听的。"她说。

一瞬间，觉得好暖。

第 十 三 章

# 余 生 很 长，
# 要跟宠你的人在一起

Love

# 1

某天晚上，我和欣宝在卫生间洗漱。

欣宝洗完脸跑出去，把门用力地带上。

"你别背着身关门这么猛！"林知逸在门外道，"万一不小心夹到你妈怎么办？"

本来还在想他是不是有点小题大做，结果听到后半句，心下释然。

隔着门，我说："原来你这么关心我，我都有点感动了。"

"那是因为你太傻了！"门外传来这么一句。

"……"

## 2

从某宝买的新衣服到了，我在客厅对着镜子试穿，觉得还不错，就喊林知逸过来看："老公，你过来一下。"

林知逸还没来得及评价，欣宝就发声了："你再叫他老公，你就变老了。"

"那我该叫他什么？"我问。

"叫他宝宝，这样你就变成宝宝啦！"欣宝说。

林知逸对欣宝说："无论你妈叫我什么，她都是我的宝宝，大宝宝。你是小宝宝。"

欣宝竟无言以对。

## 3

女生节，又逢周末，打算化个淡妆，美美地过节。

然而，正当我打算用化妆海绵蛋上粉底液时——

咦？海绵蛋怎么变重了？不对啊！不是软绵绵的海绵，居然是一颗真蛋！

不会是我在做梦吧？什么时候海绵蛋变身成鸡蛋了？

"你们有谁看到我的海绵蛋了吗？"我问林知逸和欣宝。

"没看到，我只是纳闷，你对我煮的鸡蛋就那么喜爱吗？昨天吃了一个，还有一个竟然供在你的化妆台上。"林知逸说。

"我没有放鸡蛋在这里啊！明明我原来放的是海绵蛋。"我说。

欣宝憋不住，哈哈大笑。

"欣宝，是你放的吗？"我问她。

她摇头说："不是我。"然后还是止不住地笑。

我恍然大悟，一定是这父女俩逗我玩呢！

"今天可是女生节，不是愚人节。"我说。

"女生节，我逗我最喜欢的女生玩。没问题吧？"林知逸一本正经地说。

没问题，有些幼稚又可爱的男孩子。

喜欢对的人，一辈子都可以做他的小女生；喜欢对的人，也一辈子纵容他的孩子气。

# 4

清明小长假，我们决定去江南踏青。打车到机场后，林知逸把大行李箱放小推车上，欣宝立即坐到行李箱上。

他又推来一辆小推车，想让我放另一个小行李箱，我说："不用了，宝贝，我这个行李箱推着就很方便。"

某人羞赧地笑道："在外面别叫我宝贝。"

我说："在家叫习惯了，你还不好意思吗？"

他说："刚刚你在车上叫我宝贝，司机回答了。"

"啊？有吗？"我很诧异。

"有啊！你问'几点了，宝贝'，司机告诉你时间了。"

"谁让你回答得不如司机快？"

"怪我咯！"

"别争了！我才是宝贝！"坐在大行李箱上的欣宝发出抗议。

然后，我的大宝贝推着我的小宝贝走进航站楼。

## 5

林知逸去小区活动广场找婆婆，拿回她替欣宝保管的自行车。

那时婆婆正在跳广场舞，和她一同跳舞的老伙伴看到林知逸，问婆婆："这是你儿子啊？"

"是啊。"婆婆答。

"像个孩子。"老伙伴说。

"就是个孩子，不懂事。"婆婆说。

林知逸回来后，把此事告诉我。我都能想象得出婆婆说的时候可能是一脸的自豪，虽然嘴上说着"不懂事"，心里别提多自豪了。

我望着林知逸依然清澈的目光，说："你长大了，却像个孩子，这是你最宝贵的地方。"

孩子气就是灵气，知世故却不世故，方能保有初来人世间的孩子气。

"我像孩子也是拜你所赐，你还经常喊我宝宝呢！"林知逸说。

我乐道："哈哈，怎么觉得我俩结个婚跟过家家一样。就像是两个人走在人生路上，走累了，发现了同道中人，然后结伴而行，一边走一边看风景。如果走累了，就停下来靠在对方身上，相互把彼此当宝宝一样宠。"

"要不怎么说夫妻是人生伴侣呢？"

"也是旅伴，是人生路上最好的旅伴。"

正因为遇见了这个旅伴，人生旅途中，无论喜怒哀乐都成了风景。

# 6

林知逸喜欢运动，而我上学时最怕体育课。

我们出去玩时，爬长城、爬山是他喜欢的户外活动。

但是，只要他带上我和欣宝一起出游，我们总要坐缆车或游览车。

上回去庐山，林知逸本想全程爬山，但我和欣宝还是选择先坐缆车走一段路程。

林知逸说："因为坐了缆车，我全程爬山的梦又破灭了。"

我说："只要你和妇女、儿童一起出游，肯定无法实现这个梦想。"

他说："我只看到了儿童。"

我说："欣宝是儿童，还有我呢！"

他说："你也是儿童。"

我们需要不断成长去适应这个世界的变化，但总有一个人，让你在他面前不需要长大。

这世间最幸福的事，莫过于遇到一个爱你的人，然后把你宠成孩子。

## 第 十 四 章

# 我爱你永远比
# 你爱我多一点

Love

# 1

早上起床，打开喜欢的歌曲清单，舒缓的旋律从音箱里飘出来。

拉开窗帘，望一眼秋日的阳光，任音乐和暖阳一同在心里流淌。

忽然想起什么，我对林知逸说："我真喜欢卡帕多西亚被阳光照耀的金色山谷，感觉那种色彩很温暖。"

"还想着诗和远方呢？"他说。

"不是，我是想起昨晚我买了件和山谷同色系的衣服，你帮我付下款啊。"

"……"林知逸的表情停滞了片刻。

我却掩饰不住笑意，因为难得让他想不到我下一句说什么。

"我还以为你跟我玩诗情画意，谁知道你玩的是醉翁之意——不在酒，在乎买买买也。"他笑道。

"那你想怎么回答我？"我也笑着看他。

"一个字——买！"他毫不犹豫地说。

## 2

下班回到家，想要亲林知逸时，他侧开了脸。

"干吗躲？"我问。

"我今天嘴里发苦，昨晚同学聚会多喝了点酒。"他说。

"没关系，我刚刚吃了糖。"我边说边搂住他的脖子，亲上去。

亲完，我问他："感觉现在怎么样？"

他一脸享受状道："好甜！"

## 3

我平时上班常穿裙子，基本不穿裤子……呃，不穿长裤。

但最近看《迷雾》，被高慧兰种草，觉得女人穿上裤装特别英姿飒爽、潇洒帅气！

于是，我也买了几条长裤。

我换上长裤，对着镜子看了两眼，自我感觉还不错。

我对林知逸说："阔腿裤是我今年的新宠。"

他看了我一眼说："因为把腿变细很难，把裤腿变粗分钟的事，这样就显得腿细。"说完又补充了句，"'妈妈再也不用担心我的大象腿了。'"

"……"扎心了老铁。

## 4

我在书桌前看稿子，林知逸端来一盘切好的苹果："来，工作之余补充点维生素 C。"

"谢谢老公。"

"你这儿还真可爱啊！"他说着，用手点了点我。

看他的手好巧不巧地点在我胸前，我觉得这氛围不适合我正经工作，便说："夸就夸咯！不要动手动脚。"

"我哪里对你动手了，我在逗猫猫。"某人一本正经地说。

"……"

怪我咯？怪我穿了件胸前有猫咪图案的毛衣……

## 5

我正在洗手间洗脸，卧室里的手机响了，林知逸拿给我。

我脸上都是洗面奶的泡沫，但用手指往手机屏幕上一滑，居然面容 ID 也能识别解锁。

处理完手机上的事，我说："没想到脸上有泡沫，手机居然也能识别。"

"说明'你美得深入骨髓了'。"林知逸说。

镜子前，洗面奶的泡沫都挡不住我脸上的微笑。

情人眼里出西施，就是这样吧？

环肥燕瘦总相宜，美从来不止一种。

## 6

每次戴项链，只要林知逸在旁，都会请他代劳。

尤其是戴 Choker 这种贴颈项链时，因为要紧贴着脖子。

这次喊林知逸帮戴 Choker，他说："又要戴狗链啦！"

"这叫 Choker，是一种时尚！"我给他科普。

"我只知道你戴上这个，我就是你的主人。"

"谁是谁主人？"我问一句。

"你是我主人。"他马上改口。

"那还差不多。"我心满意足地笑了。

同样，晚上睡前解 Choker 也需要林知逸帮忙。

他走过来说："你得仰着头，我才解得掉。"

于是我仰起头。

孰料，猝不及防地，他的吻落在我的唇上。

"……"一不小心，又被套路了。

## 7

给欣宝拍古装照时，我和林知逸也蹭拍了几张。

没想到，林知逸居然很适合古装扮相。

我把照片发给朋友们看时——

A 说："姐夫好帅啊！感觉像黄轩！"

B 说："我觉得古装很适合姐夫，好像陈晓啊！"

C 说："不管像谁，都很帅啊！"

我忽然纳闷了。读大学时，余乔说林知逸笑起来像何润东，因为笑容很阳光；诗诗姐说林知逸像裴勇俊，因为很温柔，笑起来露出一口整齐的白牙。

林知逸本人对这些评价倒是毫不在乎，依旧开心地做自己。

有一天晚上，我盯着他的脸看了半天。

他说："都老夫老妻了，你盯我看这么久干吗？"

我说："看你到底像谁。"

他说："我还能像谁？我最像你老公！"

# 8

临睡前，我问林知逸："老公，你知道我最爱你哪一点吗？"

"有趣？"他说。

"不是，我最爱的是你只爱我一个人这一点。"

通过最近的新闻，我发现专心爱一个女人的男人不多，反倒是有许多好妹妹的男人一抓一大把，我更觉林知逸是珍稀动物。

"我爱你两点。"他拥住我，手环到胸前。

"……"我脸都红了。"你说得让人都不好意思了。"

"有什么不好意思的？我爱你永远比你爱我多一点。"

"啊？你指的是这两点啊！"

"不然呢？"

"……"我不告诉你，不然显得我不正经。

9

我偶尔会翻看自己写的书，有一天翻看《你是人间理想》，和林知逸携手走过万水千山的画面又历历在目。

看到细致的景色描写，我好像又走了一遍曾走过的地方；而看到我和林知逸的对话，总忍不住会心地一笑。

林知逸问我为何看自己写的书还笑。

我说："因为你任何时候都掩盖不了段子手的本质啊！对了，我发现，我写我们的故事，我负责雅，你负责俗。这样是不是就能雅俗共赏呢？"

"我不知该哭还是该笑。"他有些无奈地说。

"我的意思是，我负责雅致描写，你负责世俗段子。"我解释道。

"不管怎样，你这阳春白雪都离不开我这下里巴人。"

轮到我不知该哭还是该笑。

10

晚上从健身房出来，回家路上经过一个移动小食铺。

暖黄灯光下，食铺主人在摊煎饼，一阵阵香气飘来，我忽然感觉饿了。

但是想想自己刚才在健身房的努力，还是克制住了食欲。

回到家后，我对林知逸说："刚才在路上遇到有人摊煎饼，那煎饼的味道可香了，好想吃啊！但怕健身的努力前功尽弃，还是忍住了。老公，你媳妇的自制力怎么样？快夸夸我！"

林知逸道："给你手动点赞。"

第二天早上，我正在卫生间刷牙洗脸，送欣宝上学的林知逸回来了。

"我给你买了煎饼果子，你快点忙完赶紧吃，凉了不好吃。"他来到门口说。

"是在小区的那家移动商铺买的吧？"我问。

"不是。早上那家还没营业，我跑欣宝学校马路对面的煎饼果子专卖店买的。"

就这样，情不自禁地，一种叫幸福的东西像冬日的暖阳般，把我紧紧包围。

生活中太多事不如预期，唯有我选的这个先生，他对我的好，总是超出预期。

## 第 十 五 章

# 闺 房 记 乐

# 1

早上醒来，林知逸问我："你昨晚做什么梦了？"

我回想了下，说："好像是去一家饭店吃饭，觉得饭菜好香。"

"你确定？"他狐疑地问。

"确定。"我点头。

"你昨晚说梦话了，抱着我的胳膊蹭来蹭去。我问你：'你在干吗呢？'你说：'抱大腿啊！'"

"啊？我把你胳膊当大腿抱啊？"

"还好你没当鸡腿啃。"

"……"

## 2

手机用了几年，速度越来越慢，急性子的我好几次抓狂。过了几天，林知逸送了一台新手机给我。

看着桌上的"新欢"只穿了件透明外套，我问他："你怎么不配个好看的手机壳？"

他说："你负责好看，我只负责安全的……套。"

"……"莫名觉得很内涵是怎么回事？

## 3

难得周末无事，昨晚没有定闹钟，本来准备睡到自然醒的，结果……

睡梦中的我听到了林知逸的尖叫声："啊……啊！老婆快救我！"

条件反射般，转过身把他抱住了。

我这才睁开眼睛，见天刚蒙蒙亮，于是嘟囔道："一大清早的大呼小叫什么啊，扰人清梦！"

"你看看你做的好事，你都快把我挤下床了！"林知逸十二分委屈。

我撑起身来一看，一下子就乐了，林知逸半个身子悬空，要不是我抱着他，真被我挤下床去了，哈哈……

"你肯定在梦里追我了，一直追，一直追……"林知逸傲娇地说。

"我哪有？"

"还不承认，你看看你身后，一米八宽的床，你身后至少有一米五！"

我："……"

## 4

林知逸晚上取戒指时，问我："你今天戴戒指了吗？"

我瞥了眼左手无名指，说："居然没戴！怪不得我今天总觉得少了什么。"

他说："完了！我可能戴的是你的戒指。"

我疑惑地望向他的手指，说："怎么会？你戴的时候没感觉吗？我的手指比你的细啊！"

他说："我戴的时候感觉略小，还心想可能是天热了，热胀冷缩。"

他取了半天戒指取不下来，跟戒指较劲："唉，拿不下来怎么办？我待会儿打点香皂试试看。"

我忍不住狂笑道："哈哈，说明你这辈子被我套牢了！"

他暧昧地看我一眼，说："你这句话有歧义哦！"

"……"有吗有吗？

## 5

我在《和你在一起才是全世界2》里写过，从小到大没有一个人夸我美，我一直以为自己是个丑八怪。（难怪我那么爱读书，人丑就要多读书嘛！）

有一天刷抖音刷到一个大美女，关掉视频，我突然灵机一动，仿佛发现了新大陆，对林知逸说："你知道这世上最公平的制度是什么吗？"

他问："是什么？"

"是一夫一妻制啊！再美的美女也只能拥有一个老公，哈哈！"

"什么意思？你难道对我不满，想拥有多个老公？"

"……"忽然有种一不小心掉坑里的感觉。

## 6

某天晚上我正靠在床头看书，林知逸悄悄附在我耳边说："大柠，我们要不要择期'撞一下'？"

"……"闻言我哭笑不得。

关于"撞一下"是有历史梗的。

读大二时，我还没有电脑，都是林知逸帮我把文稿从本子上敲到 Word 里。顺理成章地，他从我的专职打字员成了我的第一位读者。每回我写完文章他都会帮我审读一遍，提提修改意见。

有一回我写了篇短篇小说，冤家路窄的男女主角起初相爱相杀，后来日久生情，最后终成眷属。

看到最后，林知逸不由得皱起眉头。

我忐忑不安地问："怎么了？写得很差吗？"

他说："也不是很差。前面写得还可以，就是这结尾太仓促啊。"

"难道要展开写？我觉得留有余味比较好。"我说。

"我就是不明白，什么叫'撞了一下'？"他问我。

霎时间，我的脸"唰"地红了。

那时，我尚未经情事，又想含蓄地描绘年轻男女情难自禁发生了关系，想起一句歌词"我被青春撞了一下腰"，便揣摩，那种不足与外人道的情事是否可以用"撞了一下"来形容。

林知逸好整以暇地望着我，脸上似笑非笑。

"我又没有经验，不知道怎么精准地形容。"我尴尬地说，恨不能有个地洞钻进去。早知道我就写到两人互诉衷肠就好了，干吗画蛇添足去写两人的后续故事呢，这不是弄巧成拙吗？

"没关系，未来让我丰富你的经验。"他一本正经地说。

"……"


# 7


由于前阵子伏案工作较多，备受腰酸背痛困扰，于是趁机恢复了健身课。

上核心课时需要做平板支撑，通常每次需要撑一分钟。有一次教练在地垫上铺了瑜伽垫，本是好意一片，结果——

瑜伽垫上有防滑小凸起，我做平板支撑时，感觉胳膊肘特别疼。回家一看，胳膊肘居然被小凸起磨破皮了。

因此，最近几天都会在磨破皮的地方贴枚创可贴。这天临睡前，我让林知逸帮我换创可贴。

我先洗漱完躺上床，问他："现在贴创可贴，还是待会儿你上床后再贴？"

"现在先贴吧，好划清责任。待会儿贴，你要是讹我说是工伤，我可就冤大了。"

"……"

工伤？待会儿你是想做什么吗？

## 8

早上起床后，我正睡眼惺忪地站在洗手台前刷牙。

结果，林知逸走进来，从背后将我抱住。

"知道我最近为什么这么黏你吗？"他贴在我耳边说。

"为什么？"他确实最近动不动就抱我亲我，他这么主动我都不太习惯了。

"因为你最近写小说，和我相处的时间太少，我当然要抓住一切机会和你亲密互动。这样一来就增加糖的浓度啦！糖分要够，生活才甜嘛！"

好吧，敢情这是在对我实施糖衣炮弹。

## 9

高中同学小季来京出差，他临时组了个饭局，叫上了另两位同学一同过来。

老同学见老同学，自然分外亲切。又是多年未见，大家叙叙旧，谈谈彼此的工作，喝酒助兴，不知不觉，我几杯红酒饮尽。

散场时，我感到头有些晕，脚步虚浮，唤醒了从前关于醉酒的记忆。

红酒后劲较足，我担心打车回去万一醉倒在出租车上就不妙了，于是给林知逸发信息，让他来接我。

他开车过来接我回家。我在车上睡了会儿，回到家，除了头晕，意识还算清醒。

上床睡觉时，提前暖床的林知逸问我："你要不要酒驾啊？"

"酒驾？"我愣怔了几秒，然后明白过来。

"不要！"才不上老司机的当！

## 10

新书《你是人间理想》写到在冰岛蓝湖泡温泉的故事，我对林知逸说："今晚我要泡澡找灵感，想象着自己还在蓝湖，找回那种感受。"

"我帮你一起找。"他说。

"不需要了。"

"那次你泡温泉我也在现场。"

"……"我竟无力反驳。

## 11

那天下班，林知逸接我回家。

车子行驶了一会儿，他突然靠边停车，对我说："你下来一下。"

我望向窗外，不明所以："干吗？还没到家呢！"

他说："你下车，往后看。"

我心想，糟了，难道车被追尾了吗？

结果，当我下车，转过身，顺着他手指的方向，我看到一轮皎洁明亮的圆月悬挂在夜空，和城市的路灯遥相呼应。

一瞬间，因工作一整天疲惫的心，也仿佛骤然亮了起来。

原本以为金牛座的林知逸不够浪漫，现在发现，他才是真正浪漫的人。这么多年过去，他依然保持着一颗善于发现美好的童真之心。

看着又圆又大的月亮，我不由得笑了。

于我而言，老天爷对我最大的眷顾，莫过于——我心中的白月光，一直就在我的身旁。

## 第 十 六 章

# 妻行千里夫担忧

Love

有一次出差去长白山，北京没有直达长白山的航班，我购买了经由沈阳中转的机票。

飞机准点起飞，不料飞机即将抵达沈阳前，广播里传来一则消息："女士们，先生们，我们刚刚接到通知，由于沈阳大风，不符合降落标准，现在飞机将返航到首都机场。"

遇到过飞机晚点，遇到过航班取消，却是第一次遇到飞机临时返航。

看着舷窗外在云层中穿梭的机翼，我无奈地笑了。在天上飞行的人只能"听天由命"了。

不过，好在旅行出差的次数多了，也遇到过一些计划之外的事，心情较以前淡定许多。也渐渐意识到，生活中的无常，才是正常。

下午三点多，飞机返回到首都机场，第一时间给林知逸发信息：

"我还在首都机场。"

他很诧异，问："不是十二点多就登机了吗？延误这么久？"

"不是飞机延误，是飞机返航，我在天空飞了一圈，又回来了。"

"你一离开，我就想你，是爱的魔力转圈圈，又把你转到了我身边。"

看到他这句话，我不由得笑了。这趟耽误计划扰乱行程的返航，就这样因为他一句话，多了几分浪漫的意味。

人生难免遇到各种意外，比如错过班机，比如飞机返航。然而，有些意外却是浪漫美丽的，比如我遇见林知逸。


返航的飞机再次起飞的时间未知，明天早上又有工作要事，于是我重新购买了前往长春的机票。打算先到长春，再乘车去长白山。

飞机基本准点起飞，在空中平稳飞行，广播里也播报过"飞机将于三十分钟后降落长春龙嘉机场"，但是！但是！但是——

突然，广播传来最新消息："由于长春大风影响，无法降落长春龙嘉机场。改为在沈阳短暂停留，大约二十分钟后，飞机降落桃仙机场。"

什么叫人生如戏？这就是了！

上一刻由于沈阳大风飞机返航，不知何时才能起飞；下一刻换了航班前往长春，结果长春风大，备降沈阳。

你根本不知道下一刻风会刮到哪里！

"太搞笑了吧！"这是我的第一反应。

以往遇到这种事会心急如焚，结果这次从长春到沈阳的路上也能平心静气，闭目养神。

人算不如天算，在天上飞就得听老天爷的。

飞机在沈阳机场逗留了两个多小时，凌晨一点才从沈阳抵达长春。

由于第二天早上八点要陪作者拍封面和插图照片，我连夜乘坐出租车从长春赶到长白山，到达酒店时已早晨五点半了。从黑夜开到白昼，我在车上昏睡了一宿。

这一宿，林知逸也跟着提心吊胆，让我把车牌号发给他，并说二十四小时开机，可以随时找到他。

果然"妻行千里夫担忧"，好在因为我独自出差多次，也渐渐对各种意外淡定许多。

生活让我学到的不是失望、绝望，而是遇到困难时……想办法！必要时找林知逸一起帮忙想办法。

这次我本打算抵达长春后打出租车前往酒店，林知逸却建议我通过长白山的酒店找他们合作过的司机去长春把我接到长白山。他说，这样一来，虽然多了从长白山到长春的路费，但有酒店做担保，安全系数较高。女孩出差在外，坐一晚的夜车，司机的人品尤为重要。

凌晨五点半到达酒店，司机帮我拿行李时说："你老公人不错，对你也真是好！"

"啊？"我有点蒙，印象中我一上车就睡觉，压根儿没跟司机聊几句，更不用说提到我老公了。

"哦，你不知道吧，当你的航班备降沈阳后，你老公通过酒店查到了我的手机号，他跟我们联系，说了很多好话让我们再多等你几小时，挺有礼貌的。"

"你老公还加了我们微信，给我们发了辛苦红包呢。"另外一位年轻的司机说道。

通过跟他们聊天我才知道，是林知逸主动要求酒店找两位司机的，他说来回八个多小时车程，两位司机轮换开，避免疲劳驾驶，更安全。

办理完入住手续到达房间后，我给林知逸微信上报平安，他又秒回过来。我惊讶地问："这才六点你就醒了？"

"你一个人半夜坐出租车，我哪能睡着？"

"谢谢老公为我想得这么周到，我刚上车时还纳闷呢，这俩司机多等了我三个多小时，怎么还对我这么客气呢？原来你提前给他们发过红包啦！"

"是的，毕竟他们也多付出了时间成本啊，意思一下主要是体现对别人的尊重，让他们好好开车，我也放心一点。"

"不过，请了两位司机，这次差旅费大大超标了呢。"

"你的安全比什么都重要！在外面别太在乎钱，给钱能让别人把你服务好，那就值得，老板不报的来找老公报。"

好一句霸气的"老板不报的来找老公报"！

我刚准备夸他一句呢，他的下一句已经发过来了——

"老公报完再抱一抱。"

第 十 七 章

# 小朋友奇怪的脑回路

## 1

有一天我嗓子疼，林知逸说出去给我买药。

过了一会儿，欣宝却悄悄来告状："妈妈，爸爸想要毒你！"

"不会吧？什么毒？"

欣宝拿来一个袋子，道："你看，上面写着'胖大海'。他给你买胖大海的药让你变胖。"

"……"原来如此。她从字面上理解以为"胖大海"能让人变胖，这对每天吵着要减肥的妈妈来说确实"有毒"，没毛病！

## 2

林知逸辅导欣宝做作业，欣宝因为做题时东张西望不专心，被林知逸骂了。

欣宝气嘟嘟地说："以后再也不要和爸爸做朋友了！"当然气归气，迫于林知逸的威力，还是乖乖做作业。

等欣宝做完作业，林知逸又暗想刚才是不是脾气不好骂得太过，于是对欣宝说："你不认真做作业是不对，但爸爸骂你了也不对，你还要和我做朋友哦！毕竟，我也是第一次当爸爸。"

欣宝诧异地说："啊？你不是当过很多次爸爸了吗？"

我看向林知逸："嗯？很多次？我怎么不知道？"

林知逸大呼"冤枉"，和欣宝解释："我就你一个宝宝，所以第一次当爸爸。"

欣宝说："你才不是第一次当爸爸呢！当过三百六十五次……不对，当过几千次了，从我在妈妈肚子里，你就开始当爸爸了。"

还可以这么解释？敢情支持欣宝的理论思维是"当一天和尚撞一天钟"，当一天爸爸就是当一次爸爸？

## 3

有一天晚上我健身回来，林知逸喊欣宝去洗头。

欣宝沉迷画画，拖拖拉拉。

我说："欣宝，你赶紧洗头吧，不然头发臭了就不好了。"

"没事啊！我们同甘共臭。"她一脸淡定地说。

"我昨天才洗的头，我的头发不臭。"

"你不是刚从健身房回来，又没洗澡吗？"

后来我们一起洗澡，欣宝说："我们这是同甘共香。"

## 4

我一般晚上写作，早上起得不如林知逸早，通常都是他叫欣宝起床送她上学。

结果，欣宝小朋友上学的这一周基本穿同一套衣服（算上周一必须穿的校服是两套）。

这就是爸爸带的小孩。

节假日我有空，我给欣宝穿搭。

看她穿得美美的，我问她："你喜欢爸爸带的小孩，还是妈妈带的小孩？"

她说："自己带的小孩。"

"……"还是一个不按常理出牌的小孩。

我问："为什么？"

她答："因为可以养狗。"

她确实念叨过要养狗，只是家里人都很忙，连婆婆都要忙着合唱团、广场舞、健身，暂时无法满足她养狗的需求。

大概等到哪天我和林知逸退休了，才能实现她这个愿望。

## 5

有一天，林知逸开车送我上班，在十字路口等绿灯时，我转头看了看驾驶座上的他。清晨的阳光透过车窗照进来，他的脸好似散发着光芒。

他明显感受到了我的目光，问："大清早的，别色眯眯地盯着我看好吗？"

"我只是在感慨，上大学时我们一起上晚自习时，你是'同桌的你'，现在你是'同车的你'。"

"晚上就是'同床的你'。"

"……"

绿灯亮了，他把车子掉头转向我公司的方向，而我居然还在盯着他的侧脸看。

我说："以前上自习课，你坐我右手边，我偷偷看你的侧脸，我当时就是被你左侧脸迷住的。现在坐在副驾驶，觉得你右侧脸也挺帅的。"

"说得好像你这么多年只搂着一边脸在过似的。"

"哈哈……我两边脸不一样大，拍左侧脸显瘦，人称'黄金左脸'，你是两边脸都好看。"

"怪不得你盯着我看这么久，原来我脸上有黄金。"

"……"不喜欢你才懒得看你好吗？

我不但看了，我还拍了照片放手机里留念。

晚上下班回到家，我把林知逸的侧脸照给欣宝看，问她："欣宝，你看，妈妈给爸爸拍的侧脸帅吗？"

她看了一眼，没有作答。

我暗自揣摩，她以前说过全天下最帅的男人是爸爸，难道读小学后答案有变?

　　过了一会儿，她说："背景帅。"

　　好吧，林知逸的帅气输给了他的座驾……

## 第 十 八 章

# 女 人 何 苦 为 难 女 人

　　有个周末，林知逸白天开车带我们出去玩，晚上回到家太累了，就倒在沙发上休息。

　　我和欣宝洗漱完，去叫他起来洗漱。

　　欣宝喊他："爸爸，快起来去刷牙洗脸吧。"

　　林知逸毫无反应。

　　欣宝对我说："你叫爸爸试试看。"

　　我说："大林，起来吧。赶紧刷牙洗脸睡。"

　　"哦——好的。"林知逸应了声。

　　我说："现在就去吧。"

　　接着他就起来去了洗手间。

　　然后我看到欣宝小嘴一嘟，一脸不满的表情道："爸爸怎么听你的不听我的？"

　　哦！原来她吃醋了！

"大概因为我陪了他十六年，你才陪了他六年。我多陪的十年不是白陪的。"

欣宝赌气般地说："那我要陪他二十年，不对！一百年！"

"好好好！我们都陪他一百年。"

我不再和她争辩，毕竟是小孩子嘛！就像以前林知逸说的"大人不计小人过"。

去广州旅行时，欣宝突然问我："如果我和爸爸丢了，你会先找谁？"

看我一脸目瞪口呆的表情，林知逸在一旁幸灾乐祸地说："完了！最经典的'掉河里先救谁'的问题，没想到这么早就出现了。"

我想了下，回答欣宝："我不会让这种情况发生。"手心手背都是肉啊！

欣宝坚持道："我只是假设，如果！你回答一下嘛！"

我说："先找你。"

欣宝一下子就露出愉悦的表情，然后问我："为什么？"

我说："因为爸爸是大人，他比较聪明，他可以自己找到回家的路。"

"呃……"

某小孩本以为我更爱她，没想到智商被歧视了。

某年四月，我们去济南的九如山春游。上了高铁，林知逸提醒我把身份证收好。

欣宝问："身份证很重要吗？"

我说："当然，出门最重要的是身份证、手机、钱包。"

欣宝不满了，问："宝宝都不重要了吗？"

我笑道："宝宝是最重要的行李。"

欣宝这才露出了满意的笑容。


下了高铁，我们在高铁站附近的餐厅就餐。

凉菜先上来了。

我对欣宝说："你看，这是爸爸最喜欢的土豆丝和妈妈最喜欢的豆腐丝。"

欣宝淡定地继续玩手机说："宝宝都不喜欢。"

我说："这么大了，还好意思叫宝宝。"

欣宝说："爸爸还叫你宝宝呢！"

"……"我竟无力反驳。


九如山正值春花烂漫时，我们登山游玩，走栈道，赏春花，听瀑布，心胸开怀舒畅。

晚上回到酒店，想着白天走了太多路，晚上泡个澡会很舒服。于是，我邀请欣宝和我一起泡澡。

"今天不洗澡。"

孰料她不领情。

我劝说："你白天出汗了，洗个澡舒服。"

她傲娇地说："我自己的身体自己做主，与你无关。"

　　我说："怎么与我没关系？你是我生的。你身体不好，我就肚子疼。"

　　她继续傲娇地说："不管了。做内心强大的女人。"

　　"……"

　　《做内心强大的女人》是酒店里的一本书，我之前随手拿起来看，没想到她倒无师自通了。

　　林知逸点评道："女人何苦为难女人？"

第 十 九 章

# 一 言 不 和 就 撩 你

　　有一次去上海出差住酒店，去餐厅吃早餐时，服务员告知我的房间不含早餐。

　　我说："那我签单吧。多少钱呢？"

　　服务员说："108 元一位。"

　　因为吃完早餐还要去见合作伙伴谈工作，我就想着，再贵也在这儿吃吧，节约时间。

　　进餐厅一看，是自助早餐，价格虽贵，菜品倒蛮丰富的，西餐、中餐应有尽有。

　　吃完早餐，水足饭饱，我开始思考人生——为什么酒店自助早餐价值 108 元，路边小吃店的早餐只需花十多块就可以吃得很饱呢？

　　除了环境原因，大概是自助餐选择性更多吧。

因此我联想到自身，我们不断学习、不断成长，可能就是为了工作、生活得更自由，就像吃自助餐，因为选择空间大。否则只能吃某小店的东西，不丰富，不多元。

这或许就是在酒店108元吃早餐和在馄饨店9元吃馄饨的区别。虽然都好吃，但前者选择空间大。

我把新的心得和林知逸分享，他说："然而，我成长后就喜欢吃你这一款是怎么回事？"

"……"鸡汤柠遇见深情林，鸡汤一脚被踢翻……

不过，说情话嘛！我也会——

"因为你遇到我之后，身上贴了隐形标签——'大柠专属'。"

这次出差见合作伙伴时，我穿了件格纹西装。原先西装在我看来老气横秋，没活力，但是被几部电视剧种草，发现西装也有时尚的一面，还能增强气场，于是入手了今年流行的格纹西装。

穿上西装，自然感觉变得干练了，我把照片发微博和柠檬宝贝分享时说："你喜欢文艺柠还是干练柠呢？"

多数柠檬宝贝表示都喜欢（情商高会说话），也有柠檬宝贝表示更喜欢文艺柠（实话，因为我的长发和文艺风更搭）。

结果林知逸（@爱钓鱼的大林）不知何时悄咪咪也来回复了一句："喜欢你喜欢我的样子。"

柠檬宝贝们看到纷纷点赞，说"撩得一手"。

而我呢，就喜欢你对我说情话的样子。

出差在外的那几天，因为晚上一个人睡，而平时习惯了被大林抱着睡，所以临睡前总感觉有些孤单。

躺在床上总要和林知逸在微信上聊一阵，才依依不舍地道"晚安"。

结果有时候说了"晚安"，还要继续聊几句。

林知逸说："爱一个人就是说'晚安'之后还想聊。"

好暖，今晚可以带着这句暖心的话入眠了。


现代哲学有三个基本问题——我是谁？从哪儿来？到哪儿去？

有一天就三大哲学问题，我问欣宝。

欣宝说："我最起码有五种答案。"

"我们一起来回答吧。"我突然想把深刻的哲学问题当游戏来玩。

"我是柠萌猫，从猫妖的创始花里来，到猫妖小镇去。"欣宝说。

（好有创意！）

"我是丁柠，从妈妈的肚子里来，到更好的未来去。"我说。

"我是林慕宁，从作业里来，到没有作业的地方去。"欣宝说。

（哈哈，被暑假作业困住的孩子！）

"我是大柠，从爱情里来，到生活中去。"我说。

"我是欣宝，从体重秤上来，要到六十斤重的人身体里去。"欣宝说。

（可不是吗！出生时第一时间被放在体重秤上，从六斤半的婴儿渐渐长大。）

"我就是我，是不一样的烟火，在天空绽放，在地上坠落。"我说。

（欣宝点评：还蛮有诗意的！我：是歌词改编。）

"我是 June，从爸爸妈妈的瞎编里来，要到英语课堂去。"欣宝说。

（我：瀑布汗。瞎编？没有的事！你六月出生，英文名叫 June，没问题呀！）

"我是夏荷，从荷花里来，到柠萌猫的身体里去。"欣宝说。

（夏荷是柠萌猫的化身，这个答案没问题！）

我没接着回答，问林知逸："你是谁？从哪儿来？到哪儿去？"

"我是大林，从贵州来，到大柠的心里去。"

"……"

没想到，一个哲学问题，到他那里居然变成了情话！


有一次和一位男性朋友聊天，他说："如果有可能，男人最好有三个女人。"

我内心嫌他花心，嘴上又假装很耐心地听他说下去。"你说说看，怎么需要三个女人呢？"

他说："一个温柔贤淑，在家里负责端茶做饭，专门相夫教子；一个貌美如花，每天把自己打扮得美美的，让我百看不厌；还有一个聪明智慧，帮我去打天下，毕竟男人还是要有事业的。"

我在内心里嗤之以鼻：想得还挺美！

我又问他："你想要拥有这样三个女人，请问你拥有什么？"

他说："我拥有梦想啊！"

"你那是白日梦好吗？"

"梦想还是要有的，万一实现了呢！"他不以为然。

后来，我把这位朋友的话转达给林知逸，问他："是不是男人都渴望拥有这样三个女人？"

他说："这有什么？韦小宝还有七个老婆呢！"

OMG，难道三个女人还不满足，他还想要七个？

我说："那你的意思是，如果现在允许男人三妻四妾，你也想像韦小宝一样了？"

他说："我才不想！女人喜欢争风吃醋，我得多累啊！"

"那如果女人们和谐相处，你就乐得享受了？"

"哪有？我觉得，你一个人就抵得上七个女人的好了。温柔贤淑、貌美如花、聪明智慧、善解人意……你身上的好够我研读一辈子了，我哪有时间再去喜欢别人？"

嗯，不管这个情话是真是假，我给满分。

第 二 十 章

# 减肥是终身事业，爱你也是

我从某宝买的几件衣服到货了，拿着衣服去卧室试穿。

我先试穿白色长裙，费了半天劲才把自己套进去，拉链怎么也拉不上，于是请林知逸过来帮忙。

他边拉拉链边对我说："努力收肚子。"

我拿出健身教练教我的收腹大法：深深吸一口气，让腹腔充满空气，再大口呼气，沉下肋骨，用尽全力将腹腔的空气挤出去。如此努力收腹，应该有点效果吧？

结果拉链君不给我面子，林知逸努力一分钟后，拉链君还在原地踏步。

"大概是内衣垫有点厚，我换一件薄的。"我说。

"这是 A 罩杯背锅最惨的一次。"林知逸一本正经地说。

"生娃后升级成 B 罩杯了……"我有些尴尬。

"哈哈，欣宝立功了。"他口下毫不留情。

"……"

我换好内衣，白色长裙的拉链君依然寸步难移。

"一定是晚上吃太多了。"我给自己找台阶下。

"平时吃太胖，不去健身房，穿衣穿不上……"女儿欣宝幸灾乐祸地现场编歌。

"这条裙子应该是款式问题，我换件别的试穿，肯定能穿上。"我偏不信邪了。

我换了一条蓝色裙子，结果肉肉君和拉链君抗争了一会儿，还是败退。

"买的时候应该买大一码的啊！"林知逸都看得为我着急。

"……已经是最大码了。"我说。

他无言以对。

我又换了一条浅黄色长裙，林知逸说："下面是见证奇迹的时候！"

"……"能不能穿上一件衣服，都跟变魔术一样复杂了。

"啊！这件拉链拉得上呢！"我欣喜地说。

"恭喜你啊！居然穿上了。"欣宝说。

"因为这件设计人性化，拉链旁有暗扣可以自由调节，你妈调到了最大的那个暗扣。"

"……"我瞥一眼林知逸，不要真相好吗？

最后，我换回了平常穿的衣服，感觉好舒服，不由得感慨道："感觉刚才生活对我太残忍了！现在终于找到了自信。"

"难道不是你对衣服太残忍了？"林知逸说。

"……"这人是今晚想睡沙发吗？

"双十一"前夕，我提前将心仪的好物放进购物车。

不过有两条裤子一直纠结不知该选哪条，于是找欣宝帮我参谋。

"你觉得这两条裤子哪条好看？"我问。

"感觉差不多嘛！"她看了一眼说。

"你仔细看一下模特穿在身上的效果，你感觉这条裤子显瘦还是那条裤子显瘦呢？"

"这个问题你不要问我。"欣宝说。

"那我问你爸爸吗？"我说。

"也不用问他，问问你自己的脂肪。"欣宝一本正经地说。

"……"

欣宝小朋友这是深得林某人的毒舌真传吗？

不知是不是对家人的吐槽有免疫力，林知逸和欣宝的毒舌并未将我推上健身减肥之路，我依旧以工作太忙为由不去健身房。

直到发生了这件事——

某周末我从衣柜拿出一条裤子套上，结果腰围处的拉链怎么都拉不上。

我请林知逸帮忙，他扫了两眼，说："放弃挣扎，面对真相吧，强行拉拉链只会夹到你的肉。"

我疑惑道："不对啊！我去年买的裤子，当时试穿正合适啊！"同时遗憾道，"我一次还没穿过，怎么就变小了呢？"

"要么减肥，要么送人。"林知逸给我出主意。

我怕等到我减肥成功裤子款式过时，就把裤子送给了单位一个小姑娘。

结果小姑娘第二天早上和我说："大柠姐，你那裤子我试了一下没法穿，明天给你拿回来哈。"

我说："是嫌小吧？"

她说："不是。是大。腿的部分正合适，腰围那块特别肥，穿了会往下掉。"

"……"

这真是一记宇宙暴击！

终于明白为啥最近林知逸最喜欢玩这款游戏了——

我只要吃完饭靠墙站着看书，他路过时，就会捏着我腰上的肉，边捏边唱："左三圈，右三圈，这里捏捏，那里捏捏。我家老婆肉肉的，真好玩。"


为了对衣服仁慈一些……不，为了能穿上更多的美衣，我重新踏上了健身之路。

有一天晚上，我靠着墙壁做私教教过我的一个锻炼背部肌肉的动作——身体贴紧墙壁，两手各举着一千克重的哑铃，双臂沿着墙上举，再下沉，循环往复，一组动作做二十个。

林知逸走过来，看了我一眼说："动作不对。"

说着，他就凑上前来，两只手按在我贴着墙举起的小臂上。

我以为他是来纠正我的动作，没想到——他居然按着我的小臂，就那样，就那样……亲了我！

做个运动，猝不及防被壁咚是怎么回事？

嘴上埋怨他打扰了我做运动，心里却像蜜一般甜。

健身一个月后，有同事说我不仅体态变好了，就连衣品都变好了，穿搭指数有所提升。

其实，穿衣服要想好看，首先要身材好。我还记得刚生完欣宝不久，拉着林知逸去逛商场。结果试穿了很多衣服，每次一试，林知逸都看着我直摇头："不好看，像孕妇装。"

后来我才发现，不怪人家衣服不好看，怪我太"有型"了！用林知逸的话说，就是圆形（抹泪）。

如果身材好，挑衣服自然有更多的选择空间。穿搭的时候，一般上装和下装互补比较好，比如上松下紧，上紧下松。

我把穿衣心得告诉林知逸时，补充道："身材好是基础，就像我们首先做最好的自己是基础。然后再找到互补的爱人或朋友，这样生活更和谐。"

林知逸说："按你这么说，我和马云也挺互补的。"

"怎么就互补了？"

"马云有钱没时间，我有时间没钱。"

"……"

# 第 二 十 一 章

# 你负责看世界，
# 我 负 责 看 你

Love

# 1

临近"五一"假期，收拾出游的行李，我把笔记本电脑塞背包里时，林知逸说："怎么又带电脑？"

我说："随时想写作就可以写啊！"

他说："你每次旅行都背着，也没见你写几个字。"

"这你就不懂了。没见我每次旅行回来都会写相关文章吗？我是让笔记本电脑出去吸吸灵气，回来就有写作灵感啦！"我一本正经地胡说八道。

"……还有这种操作？"他说完，恍然大悟般说，"难怪你写小说时老亲我，原来是吸收灵气啊！"

"……"

## 2

周末去郊游，林知逸带上他的"新宠"——"双十一"买的新单反相机，扬言要给我拍很多美美的照片。

没想到郊区气温比市区低，我脱掉羽绒服摆姿势时需要莫大的勇气。林知逸忘记戴手套，却毫不畏惧寒冷地举着相机蹲在地上努力给我拍出大长腿的效果。有时还爬到树上，说要拍出我抬头的瞬间回眸一笑百媚生的效果。

我对他说："你虽然不是专业摄影师，却有专业摄影师的敬业精神。"

他傲娇地说："别急着夸我，回家看看照片效果再夸我也不迟。"

回到家后，林知逸兴致勃勃地打开电脑，喊我："大柠，快来选照片了！"

我也兴致勃勃地走过去，看他的作品。

结果——

这张闭眼了，删；这张嘴歪了，删；这张拍胖了，删……

最后删得只剩下三张我满意的照片，林知逸略扫兴地说："开车一小时过去，扛了个大家伙，冒着严寒去拍照，结果忙活半天，才赚了二百四十元。"

我听后狂笑，如果按照一张底片八十元计算，我选了三张可不是二百四十元吗？

上次我们一家三口去拍全家福古装照，结果给我们拍照的摄影师技术太高超，选片时我有很多舍不得删的，最后只得以一张底片八十元的价格买回了那些照片。

林知逸当时悄悄对我说："以后我又多了赚钱的项目，你选中的底片八十元一张。"

没想到，他得到商业启发，这次居然要从老婆这里赚钱了。

我通过微信转给他三百元，豪迈地说："不用找零了，剩下的是小费。"

他说："那可不行！我不习惯欠别人的，说什么我都要还。"

我说："那你快还给我。"

他却在我脸颊上快速地亲了一下，说："还好了！"

"……"

这是以吻抵债？

## 3

以前我说过林知逸拍照把我拍得如何，就代表爱我有多深。

有一次，我发现他给我拍的照片实在让我无语，角度没选好，色彩没调好，就连表情都很不自然。

我找他"控诉"："老公，你肯定不爱我了，你看你这次给我拍的照片一点都不好看！你以前不是说给我拍照，从左边拍像赵雅芝，从右边拍像刘涛，仰拍像张天爱，俯拍像李冰冰，怎么这次拍成'四不像'了呢？"

林知逸微笑着赔不是："怪我！怪我！这次拍了正脸。"

"……"

# 4

公司要组织一年一度的旅行，林知逸叹口气说："又要开始异地恋了。"

我说："那就等着小别胜新婚。"

"每次旅行回来你都说'好累好困，头脑好昏'。不是小别胜'新婚'，是'新昏'。"

我笑道："反正马上到八月，我们可以一起去旅行。"

"那不一样。我希望你每次旅行我都在身边，你这个生活小白没我照顾怎么行？"

说到生活小白，我确实在一个人出差旅行时，总容易出现小故障。我说："你就当我旅行是为了积累素材好了。"

"没我在，你积累啥素材？别人有我好玩吗？"

"……"这自恋也是没谁了。

我只好换种方式说："我最近看了顾随先生的书，先生说'要写什么，你同你所写的人、事、物要保持一相当距离，才能写得好'。公司这次国内旅行，和你保持的距离刚刚好，我能把你写得更好。"

"这样才是刚刚好的距离。"他把我拉到面前，两人仅相隔一拳的距离。

"……"

# 5

前阵子不小心脚崴了，无奈伤筋动骨一百天，三个月后，崴脚处还时不时隐痛。被林知逸揪去医院看了足踝，医生让我好好休息加穿特殊鞋垫保守治疗，未来如果还不好就要做个小手术。

这也没能吓倒我，我依旧踏上了北欧之旅。

旅途中，林知逸见我健步如飞，觉得奇怪道："怎么走那么多路，没听你喊疼。在家里不怎么走都经常说疼的。"

我说："看到有外国老太太拄着拐杖也在旅行，我崴个脚算什么？"

在北欧，我发现女人即使年龄大了也活得优雅自在。有的坐在咖啡馆和闺密一起聊天，有的拄着拐杖看世界，步履不停……自信的笑容，在长满皱纹的脸上，很生动、很好看。

女人其实可以优雅到老的，年轻从来不只关乎年龄，更关乎心态。

看到有老太太坐在轮椅上，被老先生推着旅行，我会喊林知逸看。

他说："我仿佛看到了我们未来的画面。我推着你看世界。"

我说："呸呸呸！赶紧呸掉！我回家要好好锻炼身体，未来还要和你并肩看世界。"

回到北京，得知有位朋友前阵子被撞伤住院二十多天，最近憋不住爬起来拄着拐杖去稻城亚丁旅行了。

我们两个"残疾人"交流了一下旅行心得，倍儿欢乐。

然后，我感慨道："心情好可以忘记身体的痛苦，我在旅行中根本感觉不到脚痛。果然身体是皮囊，就是拿来用的。"

"嗯，让我用用。"林知逸一本正经地说。

"……"

## 6

有一年国庆假期我们去伊斯坦布尔旅行，感受着土耳其的异域风情，呼吸着异国他乡的空气。我更深刻地理解了村上春树在他的游记里写的内容。

他说土耳其最特别的是空气。"旅行带走的不会是回忆，回忆会消失，也不是明信片，明信片会褪色，但是，你可以带走的是空气，你呼吸进去了就属于你的。"

我和林知逸分享旅行心得，他说："这句话后面还有一句你知道吗？"

"咦？还有一句我怎么不知道，是什么？"我疑惑道。

"爱你就像爱空气，因为你无处不在啊。"他说。

嗯，在土耳其说土味情话，没毛病！

## 7

我写的书《见山是山见水是水，见你是全世界》是有关我和林知逸的旅行故事。担心我的记忆捕捉得不够全面细致，每写一处地方，我都会拉上林知逸一同回顾走过的地方。

写完土耳其的部分，要写去英国的部分，我问他："我们在英国的时候，你觉得哪里对你印象比较深刻？"

他想了想，说："其实，只要和你一起走过的地方，每一处都差不多，印象差不多。"

我追问："你喜欢摄影嘛，想想看，拍的什么画面你比较喜欢？"

他认真地说："我拍的画面中只要有你，我都比较喜欢。"

我不是这个意思啊，我继续追问："你仔细回想一下，哪里对你来说印象比较深刻，不管是那里遇到的人还是发生的故事都可以。就像三毛写的书里，那篇《收魂记》就讲述了撒哈拉威人之前没见过相机，三毛给他们拍照片，他们以为在收魂，还蛮有意思的。"

林知逸目不转睛地看着我说："你现在就是在收我的魂。"

"……"

怪我，怪我不该一边和你讨论这么严肃的话题，一边在你面前换衣服。

8

我们在伦敦某公园看风景。天鹅在清澈见底的湖面优哉游哉地徜徉，隐约可见不远处的"伦敦之眼"。

我和欣宝面朝湖泊，我看远处的风景，她看湖面的天鹅和水下游弋的鱼儿。

林知逸拍下了这一幕，举起相机问我："怎么样？不错吧？"

我瞧了一眼，说："这张好像把我拍胖了。"

欣宝说："这张把我的头发拍歪啦。"

林知逸说："那我重新给你们拍一张。"

之后，他再把照片拿给我们看，一本正经地说："这张绝对不显胖。"

我看到我们身旁还有外国游客，不解道："……为什么要让别人入镜？"

"有参照物会显得你瘦。"

"……"

## 9

九月底，公司组织团建，和同事们一起去了塞罕坝和乌兰布统草原。（之前和林知逸去过两回，此段经历写在了《见山是山见水是水，见你是全世界》中。）

七星湖和草原的秋景依旧很美。蓝天之上，流云朵朵；夕阳映照，草木金黄。不知是行程有些赶还是认床，晚上在酒店我睡得一点也不踏实。

回来和林知逸说："可能标准间床太小，这两天都没睡好。"

林知逸说："不是床太小，是床上少个人。"

"……"

尽管不想承认，但旅行时，有他在身旁，我确实会睡得安心。

第 二 十 二 章

# 爸爸和女儿的暖萌日常

Love

## 1

林知逸接欣宝放学回家的路上。

欣宝问他："你上学时，你们学校的校草是谁？"

"校草啊，我们学校多的是。"

"那你给我说几个。"欣宝很期待。

"校草不就是学校里的草吗？"

欣宝笑道："你正经点说，说个人名。"

"别问校草，问就是我。"某人大言不惭地说。

## 2

欣宝拿回一张考得不太理想的英语试卷，林知逸指导她订正错题。

有一道题她和林知逸存在争议，我对她说："你听你爸爸的准没错。你爸爸还是我的指导老师呢！在没遇到你爸之前，我的英语四级考了两次都没及格，只有40多分，结果你爸指导后，我考了71分。"

"对，比及格线高出了11分呢！"林知逸附和道。

"还是很差！"欣宝嗤之以鼻地点评道。

"……"我竟无语凝噎。

欣宝指着她试卷上的"79"说："还没我考得好呢！而且，79倒过来是97，你71倒过来才17，离100分还差得远呢！"

我忍不住笑了，这娃心态很好啊！考得不好，还如此乐观。

## 3

周末，林知逸的大学同学来京，他做东请客。我因为要赶新书书稿未能赴约，欣宝小朋友代我前去。

回来后，林知逸对欣宝说："下回你还是别点菜了，负责吃就好。"

"怎么了？"我问。

"欣宝拿着菜单点菜时，一个劲儿地说'太贵了！太贵了！'搞得我好尴尬！请人家吃饭，这样说让人家怎么好好点菜？"林知逸说。

"哈哈！搞不好人家以为你带了个财务总监，请客也要帮你省钱。"

"省钱给我买乐高。"欣宝不以为然地说。

林知逸一脸无奈道:"白教育了……"

## 4

欣宝要去上英语课外班,出门前她拖拖拉拉的,吃早饭时心不在焉,吃完倒沙发上看书,丝毫不着急。

林知逸催她出门,她说自己鼻子不舒服,好像有些感冒。

林知逸看她磨蹭的样子,问她:"是不是一百个不情愿?"

"不是。"她略停顿下,"一万个。"

## 5

"怎么办?地图那道题我做错了。早知道考试前我认真看看。"临睡前,欣宝还在为期末考试的试题扼腕叹息。

"没关系,下次认真看就好了。"林知逸说。

"可是我丢了五分啊!"欣宝仍不甘心。

"考试的目的不是分数,是为了掌握知识。如果丢了五分,但你学会看地图了,我们出去旅行你能认识那个标志,不就能学以致用吗?"

"就是说,那我错得越多,懂得越多?"欣宝问。

"理论上是这样没错,但下次做题时也要细心审题,至少不要在同一道题上再跌跟头。"

欣宝突然间释怀了，不再纠结丢失的分数。

我在隔壁房间，悄悄听着这对父女的对话，禁不住为林知逸鼓掌。

我喜欢这种教育方式：让孩子不纠结过去，而是总结经验面向未来。

何况，考试从来都不是目的，只是辅助学习的一种途径，掌握知识、能把知识运用到生活中才是最重要的。分数是结果，很多人习惯性看结果，只相信好的结果才是经验，其实，不管结果好坏，学会总结过程，变成自己的经验才是关键。

第 二 十 三 章

# 我永远臣服于温柔，
# 而你是温柔本身

Love

# 1

早上醒来，我发现自己心律不齐，心跳速度太快。想来是近期工作太忙过于焦虑所致。

说与林知逸听，担心他不明白，拉过他的手放我胸前道："你感受一下，心跳加速。"

我像个正被医生把脉的病人，有些焦急地观察着"医生"的面部表情，期待通过他表情的变化，猜测自己的病情。

他的表情一波三折：先是皱眉，然后疑惑，再是羞涩……

过了一会儿，他说："现在我也心跳加速了。"

我不禁笑了，焦虑瞬间缓解了。

## 2

中午，我正在伏案工作，林知逸走进来，对我说："你站起来。"

我以为喊我吃饭，依言站起来。

当我站起身转过来，发现他将一个红布口袋挡在他的面前，问我："这个字读什么？"

我瞥了一眼红布口袋上面的字，说："亲。"

"这个是什么词？"林知逸问。

"名词。"因为"亲"是某宝店家的惯用称呼。

"不对。"他摇头。

"动词？"

他依旧摇头，说："不对。"

随即，红布口袋陡然消失，他以猝不及防的速度亲了我一口。

我的心如小鹿乱撞是怎么回事？

"是连接词。"他亲完后说，"这个字的词性，一百个人有九十九个都弄错了，只有我知道它还有这个词性，刚才示范了一下。"

然后，他像没事人一样，拉着我去客厅："今天给你准备了像果冻一样的蒸鸡蛋。"

我还停留在像果冻一样的亲吻中，让我回味一下。

## 3

有朋友来京，一起聚餐。

　　服务员把餐后甜点端上桌的时候，我已经吃得八分饱。但是看到那么美的爱心形状糕点，还是忍不住心动。

　　不过，仅止于心动，并没有举筷。

　　过了一会儿，我们看到服务员肩上扛着一大盘酷似大面包的东西，每个面包比脸还要大！

　　大家都震惊了："啊？这是什么？这么大？"

　　"葱油饼。"服务员答。

　　原来是发胖的葱油饼！但是闻起来好香，看起来好脆，虽然体积让人压力山大。

　　但最终，这四张鼓囊囊的大饼被我们几人瓜分了！一个个都说"真香"！

　　我忽然想，点心好看重要，还是好吃重要呢？

　　爱心糕点好看得让人心动，但味觉在乎体验，酥脆的葱油饼的味道更让人回味。

　　回到家，我把感悟和林知逸分享，并说："有时候好看的不一定好吃，不好看的反而很香！是不是人也如食物，有时候选好看的对象不如选适合的对象。"

　　"我选好看又适合的，比如你。"林知逸说。

## 4

　　有一天早上，林知逸说开车送我上班。

　　电梯下行到地下停车场所在的 B2 层，走出电梯没多久，发现通往停车场的路上有一些积水，但又没有别的通往停车场的路可走。

我看了看我的黑色皮靴，站在原地犹豫要不要蹚着水过去的时候，林知逸蹲下身，说："来，我背你吧。"

"真的吗？你背得动吗？"他都好久没背过我了。

"都能公主抱，背一背没问题。"他倒对自己很有信心。

我趴伏在他背上，他背着我走过有积水的地方。

我笑道："听说你们老家娶媳妇时就要背媳妇，你就当体验一下老家的风俗。"

"老家背媳妇，一般要从山脚背到山顶，你不减减肥，我真背不动。"

"……"

刚才还为他背我感动呢，怎么画风突变？

## 5

下班时林知逸过来接我，坐上车没多久，他想放他手机里的音乐，却发现车载蓝牙连了我的手机。

他疑惑道："为什么蓝牙先连你的？"

我更疑惑，道："我也不知道啊。"明明我后上车，为何车载蓝牙更青睐我的手机呢？

他说："因为你的优先级别比我高啊！在我心里，大柠永远第一。我的车随我。"

怎么感觉又被套路了……

## 6

陪小学生做作业，是一项极具挑战性的工作。每回林知逸陪欣宝做完作业后，就累成一摊泥，然后整个人往床上一倒。

我写完稿子准备睡觉时，去叫他："大林，起来刷牙洗脸吧。"

"嗯。"他应一声继续睡。

过几分钟又去叫他："快起来洗个澡再睡吧。"

"嗯。"他还是应一声继续睡。

见他无动于衷，我也无可奈何，只好自己先去浴室洗澡。

洗完澡，我发现浴巾不在浴巾架上，连忙喊："大林，帮我拿下浴巾吧！"

"来了！"很快，林知逸就拿来了浴巾。

咦？刚才喊他起床喊不动，现在怎么这么快？

我好像发现了叫林知逸起床的正确方式。

## 7

有一天，林知逸问了我一个对女性来说有些禁忌的问题："你现在有多重啊？"

我说："好久不称了，不知道啊。"

我因为刚做了乳腺纤维瘤微创手术，医生叮嘱一个月不能蹦蹦跳跳，于是暂时没去健身房运动，也没称体重。

结果，下一秒，他径直就把我抱起来了！

"这不是猝不及防的举高高吗？"我很惊讶。

"你好像变轻了。"他说。

方才的惊讶变成了惊喜。

"哇哦！太棒了！不去健身房也能变瘦吗？"

"小怪物被医生拿走，确实轻了几两。"

"……"

呜呜呜，看来我还是高兴得太早了。

# 8

有一次逛街遇到一个奇怪的小店老板，我只不过尝试还价，他居然阴阳怪气地说："你有砍价的工夫，不如正经找个男朋友。"

回到家，我气鼓鼓地对林知逸说："这个人居然嘲讽我没有男朋友，这不是看不起我吗？"

林知逸说："我没觉得他看不起你啊，我倒觉得他太看得起你了，他说你没有男朋友，把你当未婚少女，这不就是对你最大的褒奖吗？"

这倒也是。不过那人说话的口气太冲了，我说："顾客不是上帝吗？那个人对上帝一点都不尊重。我怎么觉得他那口气是把自己当上帝呢？"

林知逸说："对啊！他是上帝视角，才把你看得这么年轻貌美。"

"……"

## 9

大概是去乌兰布统草原旅行时受凉，晚上又吃太多不消化的缘故，这两天肠胃罢工，看到什么都没食欲。

有朋友给我送来当季的大闸蟹，我也只能忍痛割爱，送给别人。

不过当病人也是有好处的，可以心安理得地享受某人的照顾——

上班时收到林知逸的微信："老婆，给你订了外卖，清淡的。"

下班回到家，他让婆婆熬好小米粥，是那种熬得很黏稠的小米粥，口感就像宝宝吃的米糊。

至于喂我吃药，他也有自己的一套。藿香正气水又苦又辣嗓子，我喝完一支，他手上一颗冰糖就在等着我。

吃完冰糖，我说："这是先苦后甜吗？"

他亲了我一口，说："这叫同甘共苦。"

"……"

## 10

我生日那天，林知逸带着家人一起去餐厅吃饭庆祝。

我对欣宝说："除了毕业找工作那年，你爸爸每一年都陪我过生日。就算这样，我还是和他相处了七年才结婚。找对象就是要考验，就像穿鞋，刚刚好才可以。你爸爸对我来说，就是那个刚刚好的人。你说对不对啊，欣宝？"

欣宝说："才不是呢！"

我说："怎么？说爸爸刚刚好不对吗？"

欣宝说："爸爸是超好超好超好的人。"

## 11

最近看了一本书叫《我们最好的时光》，帅气稳重的北海年轻时遇见了活泼有趣的静娴。从前慢，一不留神就是一生。

在这漫长的一生中，在两人细碎的相处细节里，有许多动人之处。我最被打动的是，静娴生病卧床的二十一年岁月里，她坚持阅读，北海一直无微不至地照顾她。

北海爷爷感动了每个读者，却唯独没有感动他自己，他说："二十年，看上去是我在照顾她，事实上是她在陪着我。"

爱，本来就是一件"爱一人，终一生"的事。品一品质朴岁月里的爱情，会更坚定爱情的存在，并发现：爱的本质是付出。

看完书，我问林知逸："老公，你要是和我在一起二十一年，就会开始烦我了吧？"

"哪有？"他说。

我还在掰着手指算我俩在一起多少年了，只听他说："我烦你不理我。"

嘴角扬起的笑容，一直蔓延到心田。

# 12

我和林知逸在一起总有说不完的话，由于白天各自忙工作，因此每晚睡觉前都要说很多话。

当然，多数时候是我在说，他在听。

有一天晚上，我们并肩躺在床上，我把我看的一本书讲给他听，讲完了还要发表自己的看法。

他说："不要再说话了。今天不同往常，明天早上赶高铁呢。"

"好吧。"我还意犹未尽呢，忍不住又说了几句。

他说："你再说话，我就去欣宝房间睡啦，她睡前让我讲的那本书里有个邪恶的巫婆，她有点怕，还叮嘱我要陪她睡呢。"

"这是威胁我吗？"

"主要是太影响你睡觉了。"

"……"突然心中一暖，原来他是担心影响我睡眠才不和我一起睡。

也是啊！每次一不小心都能聊一个小时。

"不许再说了，你再说一句话就打一下屁股。"

我笑了。

他问："有人管着爽不爽？"

"简直太开心了！"

小时候最讨厌被父母管着，不喜欢被妈妈叫起床，玩耍时不喜欢妈妈叫我吃饭，睡前不喜欢妈妈催我睡觉。

怎么换了个对象，曾经讨厌的事就变成喜欢的事了呢？说起来真奇怪呢！或许，当你遇到一个管着你还令你倍感幸福的人，这就是爱吧？

13

这天林知逸接我下班。

下班路上，我对他说："早上你帮我取的书名被作者朋友采纳了，作者说，你老公太有才了！"

他淡定地开着车，表情没有起伏。

"你知道我是怎么回他的吗？"我继续说。

"你不会又在别人面前炫夫吧？"他说。

"你自己听听。"

我打开我和作者朋友的微信聊天对话框，点开语音给他听。

第一条语音——

昨天晚上我还跟我老公开玩笑说，平时都是我记录你说的情话，如果有一天我先你而去，就没有人记录了。到时候你就把我们的故事和想对我说的情话写下来，像平如给美棠写一本书那样，你也为我写一本书，可能会成为经典。

第二条语音——

他只是没有去写，但我一直觉得他很有水平。就像你的父亲崇拜你的母亲一样，我对我老公也是蛮崇拜的。他只是平时懒得去写，但是他不写不代表他没有才华。

林知逸听完笑了："你这是在微博上撒狗粮还不够，还要对作者说这些。"

"我只是觉得好的爱情有相似之处，就像他父母恩爱一生的感情一样，我们也有共同点，在于欣赏彼此，也有一些崇拜。"

他没有说话。我想，是不是他有点受宠若惊？毕竟我平时很少当面表扬他。

等到车子进了停车场，下车后，林知逸招呼我道："大柠，你站到我们车子后面来。"

我不知道他想干吗，站到车子后面一脸蒙。

他按下按钮，后备箱缓缓打开——

两盆玫瑰花在眼前出现，仿佛暗黑的地下停车场的两道光，映得我的心都亮了。

"鉴于你今天表扬了你老公，我送你两盆玫瑰花。"林知逸说。

"这么心有灵犀吗？我在公司和作者聊天，你也能感应到吗？"我惊呆了。

"张爱玲不是写过《红玫瑰与白玫瑰》吗？我送你两盆颜色不一样的玫瑰花，我的红玫瑰是你，白玫瑰也是你。"林知逸将两盆花从后备箱里捧出来。

# 14

现在见到我的人，都说我在气质上，既温柔又文艺。如果说文艺气质是书本给予我的，那么温柔气质就是林知逸给我的。

还记得林知逸第一次到我家，我妈对他说："我家大柠脾气不好，是生活小白，不会做饭，这样的姑娘你敢娶吗？"（确定是亲妈吗？）

林知逸说："没关系，我脾气好，会做饭，我照顾她。"

那时候我就认定他了。

我以前脾气不太好，性子又急，遇到不顺心的事容易发飙。但是，林知逸素来与世无争，和他相处久了，我也越来越淡定平和了。

朋友都说我热情似火，林知逸却温柔如水，我们并没有水火不容，反倒是完美互补。老子曰"上善若水"，温柔便有如水一般的能量。我永远臣服于温柔，而林知逸是温柔本身。

第 二 十 四 章

# 节 日 让 爱 更 有 仪 式 感

## 2018 年 5 月 20 日

今天是"520"，很多人把这一天当"情人节"来过。

但是于我而言，这一天的特殊之处在于——它刚好是婆婆的农历生日。

婆婆三令五申："我生日不要给我买蛋糕，浪费钱。"

我没买蛋糕，送了她一枚平安扣吊坠。她说："我平时都不戴项链啥的啊！"

我说："戴了好看。"

林知逸说："这是玉，戴玉养人。"

婆婆说："那是不是能把我的腰痛、腿痛啥毛病都能治好？"

我和林知逸闻言笑了。

林知逸说："你以为是灵丹妙药啊！"

过生日就要有生日蛋糕，这是欣宝小朋友的定式思维。

林知逸还是悄悄出去买来生日蛋糕。

婆婆看到蛋糕，嗔怪道："干吗破费买蛋糕啊？我又不怎么吃。"

欣宝说："这蛋糕上有我和贝贝。粉兔子是我，蓝兔子是贝贝。"

婆婆马上喜笑颜开："我就等着带两个娃呢！"然后瞥见林知逸手上的一束花说："买蛋糕就可以了，干吗还送花啊？"

林知逸说："妈，您想多了。花是送给大柠的。今天是'520'。"说着，他把这束花递给我。

"啊？我还有礼物啊！我也以为花是送给妈的呢！"我受宠若惊。因为今天的主角是婆婆啊！

"玫瑰花，当然是送给你的。"林知逸说完又补充一句，"这回老板说了，是真玫瑰。"

他还惦记着以前被坑买到假玫瑰送我的事呢！

欣宝这时问我们："你们知道'FAMILY'的意思吗？"

我说："不就是'家庭'的意思吗？"

她说："'F'代表'father'，'A'代表'and'，'M'代表'mother'，'I'代表'I'，'L'代表'love'，'Y'代表'you'。'FAMILY'的意思就是'father and mother, I love you'！"

听完后，我和林知逸不约而同地"哇"了一声！

经她这么一解释，忽然觉得"FAMILY"真是个有爱的词。

"520"，我爱你。爱不仅仅局限于爱人之间，也在家人、朋友之间。

爱是流动的语言，有时候无声却无比动人。

## 2019 年 2 月 14 日

情人节，想和林知逸一起看电影，欣宝也要去，我说："我们是去看《流浪地球》的，你也去吗？"

欣宝说，她看了预告片，里面有血，她害怕，不敢去看。她强烈要求看《熊出没》，由于意见出现分歧，暂时就没去成电影院。

后来回到家，我对林知逸说："干脆下回我陪欣宝看《熊出没》，你一个人去看《流浪地球》。"

"好的。那周末安排上。"他说。

结果，昨天我上培训课的时候，收到林知逸发来的《熊出没》电子电影票两张。

哦！是给我和欣宝买的。我想。很快他又发来《流浪地球》电子电影票两张。

我以为他买票买多了，正想说他，谁知他说："下午陪小情人看电影，晚上陪大情人看电影，我妈在家带欣宝。"

寒冷的北京，忽然就多了几分暖意。

## 2019 年 4 月 29 日

中午和同事一起吃饭，餐都上来了，我还抱着手机。

"大柠姐，先吃饭吧，不然菜凉了就不好吃了。"同事提醒我。

"等一下就好。"我仍然头也不抬。

"什么事情比吃饭还重要？"同事颇感疑惑。

"嗯，很重要。我在给某人订生日蛋糕。"我说。

"哇！你们好浪漫啊！老夫老妻了还这么浪漫！"

"爱情越老越香啊！"我说。

"那我先吃饭了，你有爱情真香！"同事酸酸地拿起筷子开吃。

我的生日，林知逸每次都记得；他的生日，我常常忘记。

我以前说是农历、阳历傻傻分不清楚，但自从我写了《和你在一起才是全世界》，记录下我们相处的美好点滴，发现他对我那么好，我也要对他好。

我记下他的阳历生日——"429"（誓爱久），这几年每年都为他煞有介事地过生日，起初他还不太习惯，现在倒是心满意足地享受了。

今天就像是给刚谈恋爱的男生表白一样，送了他网红爱心蛋糕——一心一意爱着你。

还送了他十一朵玫瑰花——爱你一生一世。

我发现，他收到礼物时，脸上的表情是微笑中带着羞怯，仿佛刚被女生表白的小男生。

我的林知逸啊！这个可爱有趣的大男孩，从遇见我以后，心里眼里只有我，这真是值得我骄傲一辈子的事！

## 2020年9月9日

"今天下班能早点走吗？"9月9日那天上班前，林知逸问我。

"怎么？晚上你有安排吗？"金牛座的某人浪漫起来还是蛮让人期待的。

"你要是能早点走，从傍晚到晚上我都给你安排得妥妥的！"

那天手头的紧急工作还是较多，因此走的时候已是黄昏。加之下班高峰期路上拥堵，到达林知逸约会我的地方已是华灯初上。

我跟在林知逸身后上了一部电梯，他按下"79"的按钮说："我带你体验飞机上升的感觉。"

电梯速度很快，我有种坐云霄飞车的失重感。

他带我来到一家西餐厅，指着窗边说："我原本计划傍晚和你坐在那边看日落的。"

我喜欢登高望远，又喜欢看日落，那里的位置刚好满足我的两大喜好。

"今天辜负你了，没赶上日落。"我略有些遗憾地说。

"没事，我们可以看月亮升起。"他说。

79 层靠窗的座位已无，我们去了 80 层的云酷用餐。

坐在 80 层餐厅的窗前，看整座城市流光溢彩，灯火璀璨。

"大柠，你知道北京最高的建筑在哪里吗？"林知逸问我。

"中央电视塔？"我和林知逸一起登上去过，在那里也可以眺望整座北京城。

"不是！近在咫尺。"他指着临近的一座很耀眼的建筑说，"在那里的中国尊是北京最高的建筑，高 528 米。"

"大柠，你知道北京最温暖的灯火在哪里吗？"

"在哪里？"我问。

"在那里。"林知逸指向茫茫夜色中远处的一抹灯火，"我们住的那栋楼，我们的家有北京最温暖的灯火。"

餐厅的天花板缀着星空般的灯光，他望着我，他的眼中似乎有星辰闪烁。

心头微微一动，纵使星河璀璨，家还是每个人内心深处最温暖的人间灯火。

## 2020 年 12 月 25 日

早上，我还躺在被窝里，门外传来对话——

"爸爸，牛奶是不是你喝的？"

"不是啊！"

"关于圣诞老人存在不存在，昨天我们班同学分成两派讨论了。有一派认为圣诞老人不存在，是爸爸妈妈扮的；还有一派相信圣诞老人存在。"

"那你是哪一派？"

"我是相信的那一派。"

听着父女俩的对话，我在被窝里悄悄笑了。

三年前的圣诞节，欣宝问过我一个问题："为什么只有小孩才能得到圣诞礼物呢？"

"因为，小孩相信童话，大人不相信童话。"我如是回答。

如今，欣宝已经九岁，她还表示"相信"，我倍感欣慰。

其实相信童话就是永葆童心，《小王子》那本书最大的意义就是提醒每个大人，不要忘记自己曾经是孩子。守护小王子，就是守护我们每个人的童心。童心很美好也很脆弱，却极为珍贵，是世上的无价之宝。

不管生活给过我们怎样的磨难，愿我们心中都始终住着一个小孩，相信爱，相信美，保持初见世界的好奇心和童真。

## 2021 年 2 月 14 日

情人节到了，我问林知逸："知道今天是什么日子吗？"

"知道啊！"

"嗯，有觉悟。"

"今天是正月初三嘛，地球人都知道。"

"……"这天刚好是正月初三，没毛病。

以前林知逸说都结婚了，过什么情人节，应该过老婆节。看来，情人节不想送礼物了。

"家里的玫瑰花枯萎了，得换新的了。"我旁敲侧击。

"今天玫瑰花可贵了，怎么也得十块钱一枝。"

金牛座的某人，小算盘打得真响。

"妈妈，爸爸不用给你买玫瑰，我这儿有！"过一会儿欣宝屁颠屁颠地跑过来。

"玫瑰在哪儿呢？"

"在这儿！"她举起手中的 iPad 给我看。

"这是你画的？"我看着她画的电子版玫瑰问。

"是啊！好看吗？"

"好看！帮你爸节约了十块钱。"还是女儿懂事。

下午我洗完头，换上复古红丝绒长裙，准备和林知逸喝下午茶，谁知他不在家。

过了一会儿，他捧了一束玫瑰花进家门。

"你刚才买玫瑰去了？今天买玫瑰花的人很多吧？"我故作不动声色地问。

"那可不！我都得排队买玫瑰，前面好几个快递小哥。"

"今天玫瑰贵吧？十块钱一枝？"

"不对，再猜。"

"二十块一枝？"

"对了。"

"这么贵，买一枝就好了，干吗买十一枝？"要知道红玫瑰平常六块钱一枝。

"一年一回情人节，难得花店店主赚一回。何况，玫瑰再贵，都没你脸上的笑贵。千金难买你的笑。只要你开心，比什么都重要。"

## 2021 年 5 月 20 日

每到"520"，都会提醒我们，要向喜欢的人告白，可以说出平时那些说不出口的话：我爱你，谢谢你。

今年"520"，心情较复杂，因为体检身体有恙，到医院复查医生建议尽快手术治疗，今天刚好是医生给我开住院单的日子。

　　从医生告诉我要做手术，需住院一周，到手术前的抽血化验等各种检查，再到今天开住院单，我都略有些心神不宁。毕竟人对未知本能有种不适，这是我全新的人生体验。

　　昨晚下班回到家，正准备收拾住院行李包，孰料林知逸拿出一束玫瑰花说："老婆，'520'到了，这是送你的花花。"

　　"还有花啊？"鲜花当前，我的脸已不自觉笑成一朵花，一扫手术前的紧张不安。

　　"还有这个。"他又变魔术般拿出一个精美的圆形蛋糕。

　　蛋糕上方有"比心"的图案，图案两侧分别写着"好好生活""慢慢爱你"。蛋糕外围是大大的——"大林 520 大柠"。

　　不经意间，我脸上的笑意更浓了。看到玫瑰，笑容便绽放如玫瑰；看到蛋糕，心里便种下一颗甜草莓。

　　这个"520"，因为即将住院，本来心田种下的是苦瓜，结果现在甜草莓已把苦瓜全部覆盖了！我的世界忽然又升起了浪漫绚烂的热气球。

　　补记：这几日，我的心思都在准备接受手术上，压根儿没想到他会给我过"520"，而且还是在"520"前夕，让我觉得手术没什么可怕的了。这个"520"依然和从前一般浪漫。

　　细数过往，这个浪漫的金牛座男人已经陪我走过十九个春秋，是他让我无比确定——爱情真的存在，存在于一个人长久的陪伴中，存在于一个人无微不至的照顾里，存在于一个人时刻把你放在内心温柔的角落里。

第 二 十 五 章

# 一 场 关 于 爱 的 旅 行

Sweet

Love

这两天被牙痛困扰，工作上又遇到烦心事，晚上睡眠不太好。

下班林知逸开车来接我，我靠着车座椅闭目养神。

临睡前，他端来泡脚的木桶，放入艾草包，再从厨房小心翼翼地提过来一壶刚烧好的开水，一边用开水冲淋着艾草包，一边故作深沉地模仿磁性男中音主播说起旁白："高端的艾草包，往往只需要一百摄氏度的沸水，用最朴素的浸泡方式，便能打造出一桶温阳通脉的养生水。"

十分钟过后，他往木桶里加了一些凉水，再用温度计测好水温，然后问我："大柠，五星级足浴服务，要不要体验一下？"

"好啊，我待会儿边泡脚边看书。"难得他如此主动，我当然要享受一下。

"你不要看书，戴上眼罩专心泡脚，感受能量从足底的涌泉穴延伸到头顶的百会穴。我上次感冒就是这样泡脚，第二天就好了。"

"我泡脚容易打瞌睡，万一我戴眼罩睡着了怎么办？"

"那我就把你抱回去。"

我听得嘴角忍不住上扬，想起有一天晚上他将我从欣宝床上抱回我们房间的场景。

每个女孩子心里都住着一个渴望被宠爱的小公主。

随后，他拿来一把椅子，铺好艾绒坐垫。

我说："泡个脚而已，这么大阵仗？"

他说："你坐在艾绒垫子上，戴上艾绒眼罩，泡个艾草足浴，让我给你一场'艾'（爱）的旅行。"

为了调理身体，最近每周我都会做一次艾灸。

做完艾灸，身上会有艾草的味道，而且当天晚上不宜洗澡。

这天晚上，我洗漱完钻进被窝，提前上床暖被窝的林知逸从背后拥住我。

我说："还是别抱我，我今天做过艾灸，是个有艾草味的宝宝。"

"做艾灸我也会啊！"他不以为然地说。

"你怎么会？"我很疑惑，给我做艾灸的中医老师很专业，做了十多年了。这事专业性很强的。

他贴近我的耳朵说了句悄悄话。

"……"

我听完面红耳赤、身体发热，他言语的功效堪比艾灸。

过了一会儿。

"你怎么说话这么搞笑的？天生的吗？"我虚心向林知逸请教

说话有趣之道。

"妈生的。"他说。

我笑了，拿出备忘录把刚才和他的对话记下来。

"大林，你接下来不能说话了，你一说话我就睡不着。"记录完，我躺下对他说。

"好，我的嘴还有别的功能，要不要试试？"

说话间，他温热的气息已覆了过来……

由于我体寒有湿气，买了床艾绒垫褥，想的是健康从改善睡眠开始。

我买的是单人床款式，垫在大床上我平时睡觉的地方。

我睡前本来躺在艾绒垫褥上，结果早上醒来，发现自己已经在林知逸怀里了……

"我就说你那个没用嘛，你睡着睡着就不老实了。"林知逸说。

"说明什么？"

"说明我就是你的艾草，'爱的校草'简称艾草。"

"……"

半夜做了个噩梦醒来，想侧身抱住熟悉的臂膀，结果发现林知逸不在旁边，心里莫名空落落的。

大概是欣宝睡前害怕，要他陪一会儿，他不小心靠在她床上睡着了。

咦？昨晚不是也睡前泡脚躺在艾绒垫褥上睡觉的吗？

怎么还会做噩梦？前两天都是深度睡眠啊！

难道真的如林知逸所言，他在我身边我才睡得香？

我跑到欣宝房间，果然看到林知逸陪欣宝睡在旁边，喊他道："大林。"

"宝宝，怎么啦？"他问。

"你不在身边我都睡不好，我都做噩梦了。"

"那我过来啊！"

他半夜被叫醒回到我们卧室的床上，听我讲完噩梦，我在他怀里安心入眠。

下半夜梦境变成了甜的。

次日醒来，我对他说："没想到睡觉时，你的功效比艾灸还大。"

"那当然。睡前我对你轻轻揪一下耳朵，就是爱揪。"

清晨的阳光透过窗纱洒进来，在心间融化成了蜜糖。

# 第 二 十 六 章

# 柠檬树上柠檬果,
# 柠檬树下你和我

# 1

"大林，我们的柠檬树宝宝要吃土了！"我给林知逸留言的同时发了张柠檬树的照片，示意花盆里该添土了。

自从这棵柠檬树在我办公室安家，照顾它的重任就落到了我的肩上，我负责浇水捉虫，关注它的成长。

不过挖土这种活儿就要拜托林知逸了。

昨晚林知逸去外面挖土，回来时懊恼地说："这么晚，居然被强吻了！"

"啊？"我大吃一惊地走过去。

"你看，都起包了。"他指着自己的唇畔，"下嘴真狠！"

"……敢情你是被蚊子大姐强吻了吧！"我刚才悬着的心放下了。

"那可不是？大概这么晚看到我出门，心想终于可以饱餐一顿，我露在外面的皮肤全都未能幸免。"

我帮林知逸查看伤情，发现他双臂、脸上、腰部（弯腰挖土时被蚊子逮住机会咬了几口）都有工伤，累计十六个包。

"哈哈，十六个红包，说明未来你要发大财啊！"我边给他抹药边打趣道。

"十六个包，我要让柠檬树结十六个果子报答我。"他说。

"你还不如让我妈生个弟弟妹妹报答你。"正在做作业的欣宝突然说。

"……"怎么有种螳螂捕蝉黄雀在后的感觉？

我正在书桌前写新书，客厅传来林知逸和欣宝的对话——

林知逸说："上次为柠檬树挖土，我手臂上还有蚊子咬的红印子。"

欣宝问："嘴唇上的呢？"

林知逸说："嘴唇上的没有了。"

欣宝问："嘴唇上的去哪儿了？"

林知逸说："被你妈吃了。"

我："……"

求欣宝此时的心理阴影面积。

过了一会儿，林知逸走过来，撩起衣袖给我看手臂，说："你看！这是蚊子的吻痕！两天过去了还在。"

“待会儿给你抹药？”我说。

“不用，嘴上的红印子不见了，说明你的吻痕可以把蚊子的吻痕盖过去。你多吻我几下就好了……”

“……”

这算是明目张胆地索吻吗？

## 2

柠檬树结了新果，青色果子日益长大。

一枚黄澄澄的柠檬果坠在枝头多日，我将之摘下，凑近鼻端，以为是柠檬清新的香气，却嗅出了柠檬干的味道。

以前都是刚熟不久便摘，这次是一直挂在枝头忘记摘，孰料熟得过头了。

和林知逸提及此事，我无限地感慨道：“没想到柠檬果挂在树上也会老，应该是刚熟的时候摘比较好。”

“所以……你刚熟，就被我摘下来了。”他说。

我忍不住嘴角上扬。

真是和你聊什么，都能被你撩啊！

日常的小欢喜，就藏在不经意的谈话间。

## 3

春华秋实，秋天到，柠檬树又到了收获的季节。

　　虽然今年的收成不如去年，枝头只挂了四枚柠檬果，三枚大的、一枚小的，但清香依旧。

　　欣宝特意来我办公室拜访柠檬树，美其名曰"柠萌猫约会柠檬树"。

　　"柠檬树会越长越高吧？"欣宝说。

　　"对啊！欣宝，你可要好好吃饭认真长大，不然可长不过柠檬树哦！"

　　我期待看到有一天柠檬树亭亭如盖，也期待看到柠萌猫亭亭玉立。

第 二 十 七 章

# 总有一天，你会遇见
# "胃" 你好的人

1

  周末，林知逸下厨，忙活一上午，鼓捣出三菜一汤：红烧鸡翅、大煮干丝、粉蒸排骨、小青菜豆腐汤。

  十二点整，准时开饭。全家人都乐呵呵地围坐在餐桌旁，婆婆更是笑得合不拢嘴，因为她全程都是袖手旁观；我跟欣宝好久没有吃到林大厨的私房菜了，所以也特别期待。

  林知逸发话了："领导们，开动吧，欢迎多提宝贵意见！"

  我先喝了一口豆腐汤说："呀，这个汤咸了一点！"

  "那你试试这个大煮干丝，这里面也有汤。"林知逸给我盛了一碗。

  "嗯，这汤不错，就是你菜里没放虾仁，差那么一点意思。"

  "嗯，今天家里没有虾仁了，下次备齐食材再给你做一个正宗的。"林知逸边解释边给我和欣宝的碗里各夹了一个鸡翅，"来，品尝一下刚出锅的美味鸡翅。"

红烧鸡翅可是林大厨的拿手好菜，我啃完一个后评价道："嗯，这个菜可以打85分，要是少放一点大料就完美了。"

林知逸刚准备说点什么，正在啃鸡翅的欣宝突然插话道："妈妈，明天我们去饭店吃鱼吧！"

我心想：欣宝，你这是有多嫌弃你爸做的菜啊，现在就计划着明天去吃鱼的事了。

于是我扭头对欣宝说："好啊，你是不是也觉得爸爸做的菜不如之前做得好吃了？"

"没有啊，我觉得爸爸做的菜挺好吃的。"

"那你怎么突然想跟我一起吃鱼了？"

"我是觉得你蛮会'挑刺'的。"

我："……"

林知逸和婆婆没忍住，"扑哧"一声都笑出来了。

## 2

因为新冠肺炎疫情在家办公的三个月，"肠胃小姐"被惯得娇滴滴的，五月上班，连续吃了几天外卖后，"肠胃小姐"开始闹脾气。

有一天晚上突然腹痛如绞，痛得我冷汗直冒，林知逸跑前跑后的，又是暖水袋又是热毛巾，照顾了我好一阵子才缓过来。

第二天强打起精神去上班，忙忙碌碌到中午，想起昨晚的悲惨遭遇，不敢点外卖了。正在发愁中午吃点什么对付一下时，收到了一条陌生号码发来的短信："您好，您的外卖到了，请到楼下一层取一下。"

我有点纳闷，今天我没有点外卖呢。

我正在穿外套、戴口罩的时候，那快递小哥的短信又来了："你下来看看云，我看看你。"

然后又发来一条彩信，我点开来看，是一张黄色蔷薇映着碧蓝天空，白云在天空作画的图片。

我会心一笑，这可真是一个最会说情话的外卖小哥了。

走出办公楼，我看到了一个熟悉的身影，林知逸拎着给我的爱心午餐，正在那儿拿着手机拍天空的照片。

我走上前去从后面拍了一下他的肩说："嘿，这位外卖小哥，给客人送餐的时候还玩手机，小心我给你差评！"

"别啊，看在都是你爱吃的分儿上，给个五星好评吧！你给好评，我还有礼物送你。"

"什么礼物啊？"

他说："你抬头看那边，蓝天白云，免费送你的。"

### 3

午饭时间乘电梯下楼取餐，同事问我："你订的是哪家外卖？"

我说："我老公送过来的，算是'大林家'外卖。"

"好幸福啊！我不吃外卖吃狗粮都吃饱了。"同事说。

疫情期间，林知逸为了我能吃得安全，就充当了送午餐的外卖小哥。

"谢谢老公送的爱心午餐，你辛苦了。"我接过林知逸手中的爱心便当。

"不辛苦，比以前还轻松许多，以前工作日一天想你一次，一次想八小时才辛苦。现在一天想你两次，每次四小时，当然轻松多了。"林知逸说。

"……"

"大林，你知道你送午餐和外卖最大的不同吗？"

"什么不同？"

"自从你开始送午餐，我对每天的午餐充满期待。"

"不都是那些家常菜吗？"

"因为可以看到你。"

如此，我每次吃午餐都很用心，吃完心情也很好。这是工作一天中，心情最放松的时刻。

这天，林知逸为我准备的午餐水果是樱桃。品着玲珑鲜红的樱桃，任酸甜的滋味在口中蔓延，我不由得想：当午餐有了樱桃的点缀，日子也变得活色生香；当人生有了爱情的点缀，生活也变得五彩缤纷。

4

可能是年底工作太忙的缘故，肠胃撂挑子不干了，导致经常喝粥度日。

在艾灸老师的调理下，肠胃渐渐复工，然而我食欲不佳。

晚上下班回家，林知逸问我吃什么，我一时答不上来。

他说："红汤面怎么样？配上荷包蛋。"

他一说我就想起了小时候上学妈妈一早煮的红汤面，立刻食欲大振。

他煮好面端上餐桌，连吃饭不专心的欣宝都两眼发光地望着面，迫不及待地拿起筷子。

"爸爸，你的水平可以开店了，而且是排长队的那种。"欣宝边吃边说。

"我觉得店里的都没这么好吃。"我说。

"谨慎点夸啊！吹上天了。"林知逸笑道。

"我们是实话实说，确实好吃。欣宝，未来我们做自由职业者，爸爸就可以犒劳我们的胃咯！我们有福气哦！"

小时候我的胃靠老妈，长大后我的胃靠老公，能遇见两位"胃"我好的人，是我这辈子的福分。

愿你也遇见"胃"你好的那个人，如果还没有遇见，也要"胃"自己好一点哦！

## 5

没食欲的时候，会打开李子柒的视频看看。那般宁静自足的田园生活让人心生向往。

我问欣宝："你想过李子柒那样的生活吗？"

她说："不。我想过李子柒奶奶的生活，啥都不用做就可以吃到李子柒做的食物。或者做李子柒家的小狗也挺好的，只需卖卖萌就可以盖李子柒做的被子。"

"……"

上周末为了激发欣宝小朋友吃饭的食欲，我们打开李子柒的视频。

孰料，下午林知逸就"抢"了婆婆的饭碗，主动请缨下厨房。

他去超市买来食材在厨房捣鼓了俩小时，奉上了自制番茄炖牛腩以及红烧牛肉面。

我本来不打算吃晚餐的，结果看到美食当前，毫不犹豫地卸下牙套，大快朵颐。

欣宝也是对牛肉吃上瘾了。

林知逸对此倍感欣慰，他说："本来我想着要不要点个番茄炖牛腩的外卖，但想到外卖一般四十分钟就送到，要么是以前炖好的热一下，要么是高压锅炖的不够香。还是小火慢炖，时间足够才入味。"

"你以前没做过这道菜，怎么会的？"我疑惑道。

"看视频学的。"

"果然是有厨艺天赋，做得太好吃了！看来我的老年生活会很丰富！"

想起退休后的田园生活，林知逸做饭给我吃，我就无比向往。

这下我不用羡慕李子柒了，我羡慕我自己。

# 第 二 十 八 章

# 总要热爱点什么，
# 才能与世界相爱

# 1

身边不少朋友在看《经常请吃饭的漂亮姐姐》，觉得甜出新高度，并且春心萌发，想要找个十八岁的小奶狗谈恋爱。

有个朋友慨叹："如果小奶狗们也爱看这部剧多好，这样他们就想找个漂亮姐姐谈恋爱，我不就有机会了吗？"

其实，真想多了，男孩子情愿沉迷游戏，也不会来追韩剧啊！除非是被女朋友拉着一起看韩剧，比如林知逸。

最近我看《经常请吃饭的漂亮姐姐》时就拉着他看，他从来不反对我看韩剧，因为我一旦内心爱意泛滥，就主动对他投怀送抱。

有一天晚上，看完甜蜜的一集，我看着林知逸的侧脸说："我觉得，你是那种小奶狗呢！"

以前读大学时他更是典型的"小奶狗"，清清爽爽干干净净，一笑露出一口整齐的大白牙，倍儿阳光。

我当时耿耿于怀的是他明明比我大，是我学长，偏偏他白嫩的娃娃脸让别人觉得我是"老牛吃嫩草"，还误以为是我追的他。

他问："啥叫小奶狗？"

我说："白白嫩嫩的，就像《经常请吃饭的漂亮姐姐》里俊熙那样的男生。"

我以为他会像以前那样，偶尔吃吃男主角的醋，不屑一顾地说一句"喊，那些男生都不如我，毕竟他们是你看得见摸不着的，我是时刻在你左右的"。

结果，他这次说："我是你的小奶狗，你能左右我的喜怒哀乐。"

我忍不住笑了。

"不过你最近工作太忙，陪我遛弯的时间太少了。"

"哟！这是在抗议吗？"想起近来我的时间被工作和写作挤得满满的，确实陪他的时间少了一点。

"其实也是为你着想，你最近懒得理我，没发现你狗粮都写得少了吗？你多陪我，才有素材写嘛！"

说得好像蛮有道理。

"那这个周末，我带你出去玩？"我说。

"应该是我带你出去玩。"他说。

"嗯？难道不是我说了算？"

"我开车带你啊！但是，听你的。"

这还差不多！

# 2

去年冬天做了微创手术，事隔半年去医院复查。

每次去医院我都当休假，工作日暂时停下来居然有种"偷得浮生半日闲"的感觉。尤其是看完医生，医生告知"无甚问题"时，心情愈加放松。

每次从医院出来，林知逸就会挑选一家合我口味的餐厅带我过去。

想起最近看的《经常请吃饭的漂亮姐姐》，再想起我和林知逸的感情就是从大学他请我吃饭开始的，现在还时不时请我吃饭，这典型就是现实版"经常请吃饭的帅气哥哥"嘛！

这次从医院出来，林知逸问我想吃什么菜系，我眼前闪现的就是"大煮干丝"，于是脱口而出："淮扬菜吧，忽然想吃大煮干丝了。"

"我刚好收藏了京城八大菜系餐厅，其中就有淮扬菜。你选选看。"他把收藏的微信文章转给我。

"哟！难得这次都不需要看大众点评网了。"我边说边打开微信文章。

"我只是响应你的号召，你不是说要玩遍京城、吃遍京城？"

"我随口一说的，你还当真了？"

"那是必须的。你的每一句话对我来说都是金玉良言，我得记下来。"

忽然觉得好有成就感，因为居然有人把我的话当"圣旨"。

我们选中了江苏大厦的一家淮扬餐厅，林知逸驱车前往。

在路口等绿灯的时候，他原本握着方向盘的右手伸向我的左手，抓住放他唇边亲了一下。

我心里一甜，问："你这是餐前甜点吗？"

"算是吧。不够的话还可以加餐。"他又抓起我的手亲了一下。

"都结婚这么多年了，你怎么还像个纯情的小男生啊？"我看着他的侧脸说。

"我一直是个纯情的小男生，从认识你到现在，就从来没变过。"

"有一点你变了。"

"怎么说？"

"变得更爱我了。"

他笑道："爱你是真理。人生要以真理为信仰，日益精进。"

好吧，我承认我被他亲我的手撩到之外，又被他的话撩到了。


我们在江苏大厦的淮扬餐厅吃的菜有大煮干丝、韭菜炒螺丝、扬州狮子头，还有林知逸百吃不厌的酸辣土豆丝。

吃完林知逸去和服务员说了几句话。

我问他是不是要停车票的事。

他说："狮子头很好吃，我和她说再来两份，我打包带走。我想让妈和欣宝都尝尝。"

室内微凉空调下，我的心蓦地一暖——这就是我的林知逸，时刻想着好东西要和家人朋友一起分享的林知逸。

你若问我，什么是爱？爱就是对身边人的用心呵护。

只要用心，再平淡的生活也会开出动人的花。

# 3

我们家有个家庭影院时间——每到周末，我和林知逸会陪欣宝在家看一部电影。

电影由欣宝点播，我们提意见，多数是动画片。

这个周末看的是《摇滚藏獒》，主角是一只热爱音乐的藏獒。

看电影时，林知逸和欣宝躺在沙发上吃水果，我则抱着吉他练指法。

吉他对电影里的藏獒来说是生命，对我而言更多的是修身养性、陶冶情操。

《摇滚藏獒》的主题曲励志又好听，叫《热爱》，电影结束后，我和欣宝还在哼唱：

"总是会突然遇到一些美好，让我愿意付出所有。总是会偶尔遇到冷酷的人，让你感到很受伤。我们以苦为乐，我们要与勇者为伴。凭着一把破吉他，也能把世界改变……"

唱到这里，我改了歌词："凭着一台破电脑，也能把世界改变。"

欣宝也改歌词："凭着一支破画笔，也能把世界改变。"

林知逸跟上来："凭着一台破相机，也能把世界改变。"

欣宝瞧了瞧一旁的奶奶："奶奶，你也唱啊。你凭着什么改变世界。"

"我老了，改变不了世界了，只能改变自己。"婆婆说。

我还以为她会说"我凭我儿子改变世界"呢！传统思想不都是"母凭子贵"吗？

欣宝说："奶奶，你可以改变世界，你做饭给我们吃，让我们更好，就改变了世界啊。你可以这样唱——'凭着一把破锅铲，也能把世界改变'。"

在"小老师"的循循善诱下，奶奶也开始唱："凭着一把破锅铲，也能把世界改变。"

看着家里一派其乐融融的景象，我忽然发现，改变世界并不是一件多么遥不可及的事，只要我们做好自己能做的事，就是在一点点地改变世界。

其实，每个人都能改变世界，让世界变得美好，只要你把自己能做的事做好，找到所热爱的事并坚持下去。总要热爱点什么，才能和这个世界相爱。


## 4


欣宝小朋友即将考芭蕾，周日要补课。趁欣宝上课的间隙，林知逸说："大柠，我们去看电影吧。"

我问："看什么电影呢？"

他直接给我微信发来一张截图——电影《超时空同居》的取票二维码。

我笑道："心动不如行动，这位大侠，你这是早有预谋啊！"

"就需要你一句话，约不约？"

"约！"

"那待会儿我送欣宝上课去，你去电影院取票。"

我们一起出门时，欣宝问我："妈妈，你出门干什么？"平常周末如果林知逸送她上课，我就在家写作或做家务。

我说："妈妈写作没灵感了，得出去寻找灵感。"

欣宝表示理解，毕竟她画画也需要找寻灵感。


看《超时空同居》的时候，男女主角啼笑皆非的故事惹得观众笑声阵阵。

看电影的全程，林知逸都和我十指相扣，直到看完电影最后的"彩蛋"，他才松开我的手。

"空调开得不足，好热啊！"走出电影院时他说。

"那你还把我的手拽得紧紧的？"

"这样才能真切体会身边同时空恋爱。"

"如果我们回到二十年前，不知道会怎样？"我异想天开。

"回到二十年前我们还不认识，那会儿我还在奋战高考呢！"他说。

"哦。那会儿我在读高中。"

我用手捏了捏他的胳膊，说："是真的！没想到二十年前毫不相识的我们居然能走在一起呢！像梦一样！"

"不是梦！"他挽起了我的胳膊，"但是遇见你却像梦一样美好。"

不管这天多热，我们还是手挽着手向家走去。

我相信，不管在哪个时空，不管从哪一刻开始，我都会遇见你，喜欢你，爱上你。因为我生命中缺失的那一块刚好由你填满。

我们有时希望时间能倒流，其实，人生之所以美好是因为时间的不可逆转。正因为时光易逝，一切美好才弥足珍贵。

# 5

某天，林知逸对我说："大柠，强烈推荐你看《妻子的浪漫旅行》。"

"是电影？讲和我一样爱旅行的妻子？"

"不是。是一档综艺节目。你看了肯定有共鸣。"

他推荐的我都会去看，看到节目中谢娜磨蹭了半天才出门，我忽然明白林知逸推荐我看的原因。

每次出门前，我也要东晃晃、西晃晃浪费时间，有时候出门了因为丢三落四还要折回去拿东西。

经常旅行后，出门拖沓的毛病已经好很多。但是比起出门永远不需化妆的林知逸来说，我出门的速度还是无法和他相比的。

"是不是找到了优越感，有人出门比你还慢？"林知逸问我。

我说："我觉得张杰说的话好甜，每次出门都需要等她，他从不抱怨，他说：'我习惯把我的时间和她分享。'"

"谢娜去上洗手间，张杰最初都不知道等她。我和你谈恋爱最初，都知道在门口等你。"

"……"这是某人在和杰哥争夺"好老公"奖牌的节奏？

节目"懂事会"说，应采儿和陈小春的爱情属于辣系，张杰和谢娜的爱情属于甜系，郭晓冬和程莉莎的爱情属于苦系，付辛博和颖儿的爱情属于酸系。

我问林知逸："你觉得我们的爱情属于什么系？"

他说："辣甜系。"

"为什么？"

"我经常吐槽你不够辣吗？我宠爱你不够甜吗？"

"也对哦！还融合了我俩地域菜系的特色，贵州的辣和江苏的甜。"

你看，爱情有千百种模样，总有一种独属于你。

什么是爱情？

文学家雨果说："把宇宙缩减到一个人，把一个人扩张到上帝，这才是爱情。"

这句话完美地诠释了"和你在一起才是全世界"，因为深爱一个人，全世界变成了一个人，一个人成了你的全世界。

第 二 十 九 章

十 年 一 觉 浮 生 梦，
百 年 不 离 共 枕 眠

Love

# 1

我通常下班回到家的第一件事是换衣服，把上班穿的连衣裙换成居家服。

连衣裙的拉链一般在背后，我有时够不着，会喊林知逸帮忙："大林，帮我拉下拉链！"

偏偏此时欣宝在客厅喊："爸爸，帮我关下空调！"

分身乏术的林知逸冲客厅喊："等会儿！"

然后优哉游哉地走过来，对我说："关空调哪有拉拉链重要？"

还是有点小感动的，这都结婚十年了，我在某人心中的地位不减当年啊！

## 2

林知逸去洗澡的时候，我躺在床上看书等他。

有一回我躺床上等他，结果不小心睡着了。第二天早上他说，他吻我我都没回应，感觉互动感不强，希望我能等他，和他一起入眠。

这家伙，和他一起吃饭、一起刷牙洗脸、一起睡觉还不够，还要和他一起入眠。

他洗完澡出来，叫了声："老婆。"

"嗯。"我应了一声。

"你都不看我。"某人委屈地说。

我的视线从书上移到他身上，说："看过了。"然后继续低头看书。

"你的目光不够深情，太敷衍了。"

"……我现在在看书呢，比较佛系。"

"看啥呢？"他也凑过来。

"研究下一站的旅行目的地呢，生活需要诗和远方。"

"诗和远方，你要哪一个？"他问我。

"都要！"我毫不犹豫地答。把生活过得有诗意和去远方旅行并不冲突啊！

他把我手中的书拿走，把灯关上。

"干吗？"

"你不是说都要，现在也去不了远方，我先管诗。"说着他的吻落了下来。

"……"

## 3

临近高考，林知逸早上醒来对我说，他做了个关于高考的梦。

他说梦见高考放榜那天，别人都榜上有名，就他名落孙山。

"毕业后梦见考试总感觉像噩梦。"我要是做梦梦见考试交白卷，一晚上都睡不好。

"噩梦倒谈不上，比较搞笑的是，我去问我们班主任兼英语老师怎么回事，他说：'把你的作文找人翻译一下赚点外快。'"

这下我也笑了，道："你的英语老师简直神机妙算，虽然你的作文没人给你翻译，你说的话倒随时有人给你记录，还被写成了书。"

"还记得我们异地恋时，我毕业后第一次回学校看你。我们在食堂吃饭，我也不知说了啥，只见你边笑边拿出个小本，'这个好玩，要记一下'，没说一会儿，又拿出小本，'这个好，要记一下'。感觉你笑点也太低了！"

"笑点低的人容易幸福啊！"

是啊，我就是那种给点阳光就灿烂的人呢！而刚刚好，你就是我的阳光。

## 4

出差前一天晚上，我收拾行李时，林知逸问我："需要我帮你做什么吗？"

我说："不用了，陪着我就好。"

　　走之前我打算把林知逸和欣宝的小白鞋都打理一下。

　　我坐在客厅打理鞋时，林知逸走过来说："这种事你教我一下，以后打理鞋子就交给我做了。"

　　"那这样，我打理你的鞋，你打理欣宝的鞋，跟着我学。总之一个原则，清理，先清洁再保养。"家务方面他愿意帮我分担，我当然不会拒绝。

　　乖学生林知逸坐在我旁边，有模有样地打理起鞋子来。

　　打理完鞋子，我去阳台收衣服，摊平在床上叠衣服时，林知逸也走过来一起叠衣服。

　　"T恤要这样叠才对。"我教他。

　　他默默学。

　　想当初为了摆脱"生活小白"的标签，我专门买过收纳整理的书，在叠衣服方面相对在行。虽然在做饭方面我远远不如林知逸，但收拾家务上还是比他拿手的。

　　收拾妥当，两人一起去洗手间刷牙洗脸。

　　上床睡觉时，我说："我发现，只要有你陪在旁边，哪怕什么都不干也很安心。这大概就是陪伴的力量。"

　　他说："干了更开心。"

　　"……怎么感觉这句话……呃，太有（You）歧（Dian）义（Wu）了！"

　　他一脸无辜地说："有啥歧义？你刷鞋我也刷鞋；你叠衣服我也叠衣服；你洗脸我也洗脸。和你一起做事很开心。"

　　"……"这么解释确实没毛病，刚才是我想多了吗？

# 5

给欣宝讲一本有趣的历史漫画书《如果历史是一群喵》，讲到商朝贤相、中国第一位帝王之师伊尹，书中说他不仅有谋有略，还是一名"血霸"，待机时间超长，辅佐了商朝五代君主，最终以一百岁的高龄寿终正寝。

我对欣宝说："看来我们不仅要努力当'学霸'，还要努力当'血霸'，争取活到一百岁。"

她点头道："不管怎样，活到一百岁才是第一目标。因为可以做更多想做的事啊！"

嗯，孺子可教也！学到了"鸡汤柠"的看家本领。

后来她吃饭不专心，我提醒她："好好吃饭，为一百岁打好基础。如果懂学问又能活到一百岁，基本跟仙人没两样了。"

"那如果活到四百岁呢？"她问。

我说："现在还没人能活到四百岁。"

"如果，我是说如果呢？"她坚持。

"那这个人就是仙人中的仙人。"

"什么叫'仙人中的仙人'？"她又问。

"仙人掌。"林知逸一本正经地说。

我和欣宝听完都狂笑。

这个回答也没毛病。仙人掌确实厉害，生命力强，在沙漠都能存活，也算得上"仙人里的掌门人"了。

其实我对长生不老从无奢求，修得人间仙侣，不过是想与你共白首。

## 6

"书到用时方恨少"，虽然我每天有读书的习惯，但还是觉得不够，希望有机会进大学读与文学相关的研究生，进行系统性的学习。

我把想法告诉林知逸，并邀请他到时候一起读书："我们本科在一所大学读，如果研究生也在一起读就更好了，都选文学相关的专业可以吧？"

他说："可以啊！不过在读文学专业研究生之前，建议我们一起读另外一门学科。"

"什么学科？"

"人类学。研究课题是'如何造贝贝'。"

"……"这不是读研究生，这明明是读研究"生"！

## 7

我有个作家朋友，事业成功，家庭美满，儿女双全，朋友也多，但是，他却在人生巅峰之际选择了去寺庙修行。

也是因为他的真实经历，加上读了一些关于人生哲学方面的书籍，我有阵子每天处于沉思状。

比如我常思考"人为什么活着""活着有什么意义""人活着有必要在乎外界的看法吗""获得世俗意义上的成功就是真的成功吗""所谓外界认可的成功是不是远远不如自己心灵上的成长""为

什么很多功成名就的人却活得不快乐""快乐是不是和物质无关，完全是一种精神享受""到底什么才叫幸福"……

　　类似的人生问题想多了，我有时会陷入一种悲观的绝望之中，觉得所有繁华最终都会付之一炬，恰如张岱在《陶庵梦忆》自序中所言"繁华靡丽，过眼皆空，五十年来，总成一梦"。既然繁华皆成梦，那我们这么辛辛苦苦努力打拼还有什么意义呢？

　　悲观的时候，我会想哪一天思考无果时，我也出家修行好了。

　　如果我选择出家修行，首先要征得孩子的同意，于是我问欣宝："如果有一天我出家修行你支持吗？"

　　"我支持。"她毫不犹豫地说。

　　"哇！我宝宝好好啊！支持妈妈做任何事。"我很感动。我原本还以为她会说："妈妈不要走，我需要你呢！"看来是我内心戏多了。

　　"你走吧，你现在就走吧。"她十分洒脱地指着大门说。

　　"我没说现在就走啊……"

　　这下我有些失落了，原来我在家里没啥价值吗……

　　为了在家赢得霸主地位，我要暂时放弃出家修行的计划了。

　　林知逸说："这位女施主，你在乎的东西太多，红尘缘未了，还是在万丈红尘中修行吧。"

　　后来看到一本叫《活着活着就 100 岁了》的书，封面上写着："你要寻找活着的乐趣，而不是活着的意义。"

　　顿时豁然开朗，倘若苦苦追问活着的意义无果，不如尽情享受活着的乐趣。而我和林知逸、欣宝这两个有趣的人一起生活，不就是生活的乐趣本身吗？

## 8

小别胜新婚，还是有一定道理的。

自公司组织的团建旅行归来，我发现林知逸比之前黏我多一些了。毕竟，以前我相对黏他多一些。

下班回到家，我到卧室换家居服时，他会跟过来，主动求抱抱。

他抱着我的时候，我问他："拥有我的感觉怎么样？"

他说："我感觉我就和比尔·盖茨、巴菲特一样。"

"哦，怎么是超级大富豪的感觉呢？"

"他们都说过一生最大的投资是老婆。"

我笑道："敢情我也是你最大的投资。"

"那可不，我眼光多好。"

咦，刚刚我还以为他夸我是最具潜力的潜力股，原来是为了衬托他有好眼力。

选择与你同行的人很重要，尤其是伴侣，因为你选择的不仅是人生伴侣，还是一种生活方式。

## 9

2019 年 9 月 9 日，我和林知逸结婚十周年。我打算回我们最初相爱的地方走一走，看看当年的桂花是否还飘香，看看当年的青山是否还翠绿，看看当年的操场是否还热闹……

我对林知逸说："今年抽空回一趟学校吧，九月去，我和你相识的时候。再去学校西门外吃饭，回味一下以前的味道。"

"其实，西门外的饭店口味不如北门外的饭店，但你们来学校的时候都晚了，北门有很多好吃的饭店都不在了。"林知逸说。

我说："不晚。只要遇见你，和你一起吃饭，多久都不晚。"

林知逸听完微微一笑道："那等你有空了，我们回去。"

于是，九月，我们一起回了趟 C 大——我们相识相恋的地方。

"这是我们第一次见面的地方。"他站在学三食堂门前那棵葱郁的梧桐树底下，一如当年。

"这是我们第一次牵手的地方。"走到图书馆对面小花园的喷泉旁，他牵起我的手。

"这是我第一次向你表白的地方。"他走到女生宿舍楼下的洗衣房前，微笑着看我。

……

我的青春回忆再次被唤醒，原来这里记录了那么多我们的"第一次"。

触景生情，想起林知逸站在我们宿舍楼底下，我推开窗户，我们两两相望的场景，仿佛青春时光从未走远。不禁提笔写道——

独坐窗前数流年，

谁家少年过心间。

十年一觉浮生梦，

百年不离共枕眠。

## 第 三 十 章

# 披上嫁衣，嫁给爱情

　　我的手机相簿里一直保存着一张婚纱照，即使手机内存不足需清理照片时，我也从不舍得把它删去。

　　照片的主角是一对满头银发的老年夫妻。老妇人身披洁白婚纱，头戴银色王冠，手捧粉白相间的玫瑰，衣冠楚楚的老先生站在她身旁。

　　两人相对而立，深情对望。老先生左手轻捏老妇人的下巴，望向老妇人的眼神格外宠溺。老妇人则笑得一脸纯真烂漫，笑容仿佛一朵娇美的花，在爱人手中尽情绽放，胜过她手捧的玫瑰。

　　青春年华不再，你依然愿意为我穿上盛装，我依然愿意为你披上嫁衣。

　　不知怎的，每次看到这张照片，都会被深深打动。

　　岁月流逝中，她已身材发福，白发苍苍，皱纹爬上眼角，但丝毫不影响她的美，不影响她在望着他时笑得像个天真的小女孩。

多少人曾爱你青春欢畅的时辰，

爱慕你的美丽，假意或真心，

只有一个人还爱你虔诚的灵魂，

爱你苍老的脸上的皱纹。

这张照片俨然是《当你老了》的真实写照，一张照片诉尽爱情的力量与时光的温柔。

年轻貌美时，身边簇拥者众十分寻常；容颜老去后，还有一个人自始至终陪在你身旁便不寻常。

人世间难能可贵的是：哪怕你已老去，哪怕你容颜不再，你依然可以在某个人面前做个小女孩。

岁月无情，人会老去，但是爱情不老。

这张婚纱照会让我幻想我和林知逸老去的样子。因为有他，对于时光，对于衰老，我从来都不曾害怕过。我甚至有些期待我们满头银发的模样。

我把这张照片发给林知逸看，说："等我们老了，也可以拍一组这样的婚纱照。"

"何必等老了再拍？你要是愿意，每年都可以拍。"

"每年都拍太累了，可以选择比较有意义的日子拍，比如结婚十周年纪念日，或者恋爱二十周年纪念日。"

"没问题，你想去哪里拍，提前告诉我，我来安排。"

于是，我们在结婚十周年之际，拍了两组婚纱照。

当初我们结婚时没举办婚礼，没蜜月旅行，只是在 2009 年 9 月 9 日那天领了张结婚证。

曾经也是有遗憾的，尤其是当我参加朋友的婚礼，看着新郎新娘在结婚典礼上宣誓时红了眼眶。很遗憾，我的爱情回忆里就没有林知逸当众对我宣誓，我披上嫁衣哭红眼眶的一幕。

原本，在结婚十周年之际，林知逸计划为我补办一场浪漫的海边婚礼，让我也体会一下当众接受祝福的感受。

后来想想，爱情向来是两个人的事，何必要用婚礼去证明什么，更不需要向他人去宣誓什么。于是，我们决定用另一种方式来纪念这份爱情：携手旅行之余，拍婚纱照留念。

2019 年国庆长假，我们去了土耳其，完成了我们梦想清单上面"和喜欢的人一起乘坐热气球看日出"的一项。第二天，我披上嫁衣，他穿上盛装，温暖的秋日阳光下，我们并肩眺望卡帕多西亚独特的金色山谷，也更加坚定要和彼此共度余生。

为我们拍婚纱照的摄影师叫韦一，她说她为许多对夫妻拍过婚纱照，我们是她见过的最恩爱、配合最默契的一对。我为此感到庆幸，庆幸我此生遇到了良人。

后来看到这组婚纱照，我和林知逸也颇为惊喜，甚至觉得这组婚纱照的感觉超过了十年前刚结婚时拍的那一组。

"要不，趁着我的健身有成效，我们再去海边拍一组婚纱照，就当给你补办海边婚礼了。"林知逸说。

我开始不可遏止地想象着，蔚蓝色海岸线延伸至天的尽头，洁白色婚纱呼应天空的白云，一对恋人站在天之涯海之角，牵手相互凝视……若是将海誓山盟定格在画面中，那将是一件多么浪漫的事！

思及此，对林知逸的提议，我欣然应允。

于是，我们去三亚过春节假期时，在海边又拍了一组婚纱照。

也不知是怎样的缘分，在土耳其帮我们拍照的摄影师叫"韦一"，在三亚帮我们拍照的摄影机构叫"不二"。

林知逸说："又是唯一，又是不二的，这辈子你注定逃不出我的手掌心了。"

我们把拍婚纱照的日子定在了 2020 年 1 月 22 日，谐音"爱你爱你，要爱爱"。那时，我们全然不知第二天将要发生的大事，全然不知 1 月 23 日会成为让全国人民铭记的日子。就是从那天起，因为新冠肺炎疫情，武汉开始封城，全国也进入疫情防控阶段，所有景区禁止对外开放。也是从那天开始，大家禁足在家，生活方式发生变化。

1 月 23 日是座分水岭，从那天起，人们的心情从欢度春节的愉悦变为每天关注新冠肺炎疫情的惶恐不安。回想起我们那天拍照的经历，仿佛 1 月 22 日那天是偷来的日子，是上天给我们开了扇天窗。承蒙上天厚爱，在禁足的前一天，我们在海边度过了一天边旅行边拍照的幸福时光。

那段经历现在回想起来仍觉幸福美好，如若不记录下来，未免辜负了上天的厚待。

那天是个阳光明媚的晴朗日子，北方天寒地冻，位于海南的三亚却正值盛夏。上午十点，我们一家三口和摄影师、化妆师、道具师一行人登上凤凰岛。

我们拍的第一组婚纱照主题叫"海天一线"，取景地是凤凰岛上的无边泳池。

我们站在离大海最近的泳池边缘，摄影师趴在泳池的对面，指挥我们摆动作。

"美女，笑一下。"

好的，保持微笑。

"美女，背对着我！"

背对着？哦，那我转过身。牵着我手的林知逸也配合我转过身。

"美女，躺下来。"

咦，不对啊。穿着婚纱怎么躺下来呢？

我正疑惑间，听见摄影师冲我们大声喊："听我的！不要听他的！"

我们这才意识到刚刚听错指挥了。刚才发号施令的是同样趴在泳池对面的另一位摄影师，他正在给我们旁边的美女拍照。泳池太大，我们和摄影师隔着一定距离，不容易分辨口令来自谁，就把口令搞错了。

真正的"美女"躺在泳池边上，身穿白色长款薄棉布衬衣，里面的黑色比基尼若隐若现，美人侧卧加湿身诱惑，性感十足。

原来那个摄影师说"美女，躺下来"是对她说的。她果真躺了下来，为了拍照出片真是拼啊！

想起刚才我们按照湿身美女的摄影师口令执行，有些尴尬之余，又觉得好笑。

"我们的摄影师也叫我美女，这才容易搞混的。"我笑道。

"大概'美女'是摄影师对拍照女生所说的行话了。"林知逸说。

好在后来摄影师再次发出口令时，叫我们男孩、女孩，这才避免出现方才的尴尬。

我想起三次拍婚纱照，摄影师对我们的称呼都不同。十年前第一次拍婚纱照，摄影师称我们为老公、老婆，诸如"老公看着老婆笑，老婆美不美就看你笑得欢不欢"。在土耳其旅拍婚纱照，摄影师韦一直呼我们的名字，口令诸如"大林，你亲下大柠的额头，大柠保持微笑"。而现在的摄影师之前称我们帅哥、美女，闹出乌龙后，改称我们男孩、女孩。从这些称呼来看，我们反倒是越活越年轻了。

"男孩把女孩抱起来。"摄影师发出口令。

摄影师这是要林知逸把我抱起来？

"摄影师大概要你公主抱老婆，体现你很有男友力。"我说。

"摄影师也不看看新娘的体重吗？"林知逸说。

"……"

摄影师又说了一遍："男孩把女孩抱起来，那样会很出片，感觉很好。"

林知逸摆摆手道："还是不抱了，这里太滑，我怕她不小心掉水里，她不会游泳。"

原来他不是不想抱我，也不是抱不动我，他是为我着想，安全第一啊！

摄影师拍完我俩的合照，打酱油的欣宝上来了。摄影师让她坐在泳池边，但是她怕把衣服弄湿，无情拒绝："不要！"

照片是摄影师的艺术创作，拍照时，摄影师像导演，模特像演员，摄影师指导模特摆姿势，努力呈现出他想要表达的画面。不知道摄影师会怎么想，他提出的创作要求，被两个主角拒绝了。

"三个人侧过身，站成一排，爸爸在最前面。"摄影师给我们换了个比较简单的动作。欣宝一加入，林知逸立即从"男孩"升级为"爸爸"。

"爸爸做出带领全家走的姿势。"

"爸爸走的幅度要大一点，膝盖弯曲会吗？"

"栏杆边的那位大爷，能麻烦您移个位置吗？"

摄影师的最后一句口令突然出戏，我们转身看向泳池旁边靠海的栏杆，有位大爷正镇定自若地站那儿看海。

大爷听到摄影师的口令，配合地移开位置。林知逸对他说了句："大爷，谢谢您了。"

这组"海天一线"拍完，摄影师给我看相机里的照片效果。照片里，身穿鱼尾裙摆白纱的我和身穿白底竖条纹西装的林知逸并肩站立，牵着手彼此凝望。海天一色，我们仿佛站在海中央，两人的倒影印在水面。照片果然有点"照骗"，照片里浑然看不出是在泳池边拍的。

"意境还是挺美的，除了胖，没别的毛病。"我说。

"说吧，想要多瘦？能给你'P'成蚂蚁！"摄影师一本正经地说。

我们闻言哈哈大笑。

这次的摄影团队除了化妆师是女孩，负责照片和视频的摄影师以及道具师均是男士，他们都来自东北。

道具师平头，留着小胡子，由于长期在三亚待着，皮肤呈黝黑色。他不仅负责拿道具，整理婚纱裙摆，还要负责逗笑我们。只要他一开口，满嘴的东北味儿就跑出来了，配上他夸张的表情，特别具有喜剧效果。

"笑！哈哈哈！"

"幸福不幸福，就看这一刻。"

"笑得好看挂床头，笑得不好看就要挂厕所啦。"

我笑点低，只要道具师一开口，就忍俊不禁。

林知逸说："倒是学到了逗笑你的新招，下次给你拍照可以用上。"

没想到别人给我们拍照，也是我的御用摄影师林知逸偷师学艺的过程。


奇怪的是，我和林知逸明明平时朝夕相对，但拍婚纱照时却感觉对方有新鲜感，也不知是盛装打扮所致，还是一天的亲密互动密集所致。没想到拍婚纱照还能增进感情呢！

拍婚纱照时，两人不是牵手就是拥抱，不是鼻尖相对作亲吻状，就是相视而笑进行眼神的交流。一整天两人就像在浪漫的海岛演偶像剧。

上午我们在凤凰岛拍完两套服装，下午来到了大小洞天，这个景区就在海边，可以进一步亲近大海。

景区入口不远处便是由花卉组成的偌大的"2020"四个字，据说像 2020 这样"ABAB"的年份每隔 101 年才会出现一次，可谓百年难得一遇。

"明天就是花卉展，人很多，就没法拍了。"摄影师说。

"那我们倒是赶巧了，不早不晚，刚刚好。"我说。

这时候，我们浑然不知，因为新冠肺炎疫情突发，花卉展无法举办，景区也关闭了。后来回想这一切，总觉得那天的我们格外幸运。

摄影师说等到日落时分再拍婚纱照，先拍便服。我换上白 T 恤和天蓝色半裙，林知逸换上白 T 恤和天蓝色衬衣。两人的衣服颜色恰好呼应天空与大海的蓝白。

换上便服，不仅更自在，度假的氛围也更浓郁了。仿佛我们不是来拍照，而是来度假，顺便有人帮我们拍照记录下这假日时光。

目光所及是碧海蓝天，阳光沙滩，我们躺在沙滩边的吊床上，欣宝坐在一旁的吊床荡秋千。耳畔是海浪扑打礁石的声音，间或夹杂着海鸟的叫声，日光透过椰林树影照在爱人温柔的脸庞。这样的时光，既悠闲又惬意。

摄影师让我们俩并肩坐着荡秋千，说是来一个"比翼双飞"；摄影师让我们站在海边两棵椰树间，我们面对大海，牵手凝望，像是对着大海许下一生一世一起走的誓言。

摄影师又让林知逸躺在吊床上，让他装睡，我站在一旁摸他的鼻子逗他。望着他佯睡的侧脸，想起从前的我就是被他英俊的侧脸打动，当时情不自禁抚上他的脸。他转头望向我，那一刻，两人对望，好似望进彼此的眼睛，从此结下凝望一生的缘分。

那时候我们还在大学校园，我读大二，他读大四。有一天两人一同去市区逛街，逛完街乘坐公交车返校，我们并肩坐在公交车的后排座位。我侧头看他，路灯的灯光刚好洒在他的侧脸，我看得愣神，看得心动，竟然不由自主地伸手抚上他的侧脸，全然不顾女孩子的矜持。指尖触碰到他的胡楂儿，心跳加速，脸颊发热。他转头看我，我俩目光相对。后来每次回想那个瞬间，总觉得那天的夜色格外温柔。

有一回我和林知逸追忆校园时光，他想起这个片段，问我："以前我们一起坐公交车时，你摸我脸干吗？"

我怀疑他是明知故问，当然是觉得少年好看让我心动呗！

我答："怜爱呗！"

"不对！那叫勾引、调戏！我们还没正式谈恋爱呢！"林知逸说。

"那现在呢？"说着我挑衅地摸了一把他的脸。

他很享受、很陶醉地说："爱抚！"

现在回想，往事历历在目，仿佛时光从来不曾走远。时间在一分一秒地流逝，我们也在渐渐成长。我俩好像变了又好像没变。流光容易把人抛，换了时间和空间，从校园到家庭，从情侣到夫妻。看似时间沧桑，角色转换，但不变的是我们心底对彼此的爱。

"你俩这衣服真是搭得好，咱们这都跟拍偶像剧似的了。"摄影师边拍边说。

"难得啊，三十几岁的人还在演偶像剧。"我说。

"关键是，这样的偶像剧，主角就没变过。"林知逸说。

我会心一笑。

以前总觉得偶像剧是少女的专利，后来才知道，只要你愿意，你可以一辈子做偶像剧的主角，前提是相爱的两个人把彼此当作心中的偶像。

我们拍照时，化妆师陪着欣宝，欣宝蹲在沙滩上玩沙子玩得不亦乐乎。

为了体现从二人世界到三口之家，每次我和林知逸拍婚纱照都会带上欣宝。拍完两人合照，欣宝就会加盟拍全家福。这样，不仅用照片记录两个人的爱情成长，也记录一个家庭的变化和孩子在其中的成长。这样，翻开相册时，便会看到欣宝从被我们抱着的短发小屁孩成长为一个可以和我们在海边奔跑的马尾辫小姑娘了。

欣宝一旦加盟，画风突变，从两个人的"海岛恋曲"变为"我爱我家"。

海浪轻抚沙滩，海风吹乱长发，我们手牵手在沙滩上奔跑。

摄影师或许觉得画面太文艺，不够欢脱，突发奇想，让林知逸做出超人起飞的动作，相机摁下，他就飞向我和欣宝。

林知逸倒是很配合，摄影师一喊"飞——"，他就配合地以超人的经典动作"飞"向我们。

结果他飞不利落，扑倒在沙滩上，啃了一嘴沙。

众人哈哈大笑。

"怎么感觉林先生长得有点像哈利·波特啊？"摄影师说。

我笑道："之前拍婚纱照，有摄影师说他像裴勇俊，还有摄影师说他像黄轩，怎么现在变成哈利·波特了？每次拍婚纱照，搞得好像我换了个老公。"

"赶明儿找人给我照着明星整十个造型，十个老公任你选。"林知逸说。

"看来你的可塑性很强啊！不做演员太可惜了。"摄影师笑道。

"现在选择当演员还来得及吗？"林知逸开玩笑道。

"来得及，你可以从配角当起啊！"我说。

"算了，我主角当得好好的，干吗要去当别人的配角啊？"

"当什么主角？"我问。

"你的主角。"他说。

我轻声笑了。

这一刻，连海风都变得轻柔，仿佛在浅吟低唱。


最后一套婚纱，摄影师选在日暮时分拍。此时，天空因晚霞笼上粉橘色，海水也由先前的浅蓝变为橙蓝。

温柔暮色下，牵着喜欢了十多年的人在海边漫步，觉得这个人比暮色本身还要温柔。我从星河远赴而来，只为携一人共白首。我如此贪恋人间，只因人间有你。

夕阳斜照的海滩，一对恋人手牵手彼此凝视，海的另一边矗立着一座灯塔。此情此景竟和我带来的道具——《见山是山见水是水，见你是全世界》的封面图如出一辙。这本书讲述了我和林知逸携手环游世界的故事，我也想带着这本书环游世界。

这本书的封面，我尤其喜欢沙滩上出现爱心水洼，两人亲吻的画面倒映其中的创意。因此，我希望摄影师能帮我将这个画面还原到现实中。

摄影师说水中有倒影是镜面效果，摄影难度不大，但是需要天公配合。我们需要等待潮水退去的片刻，等待我们身前的小水洼恢复水面无风的平静。

我们站在礁石上，牵着彼此的手，保持好姿势。海浪一声声拍打着礁石，仿佛永不停息。

夕阳缓缓下沉，渐渐地，离海平面越来越近。潮涨潮落间，水波自然兴起。

趁夕阳落入大海前，摄影师连忙摁下快门，将我们在晚霞下携手相对的画面锁进相框。

小水洼始终未能恢复彻底的平静，最终摄影师只拍到一张水中倒影模糊的照片。

我说："这次拍摄近乎完美，就是倒影不够清晰有点遗憾。"

摄影师说："因为老天爷的关系，每对夫妻都拥有独一无二的婚纱照。就算服装撞了也没关系，天气不会撞。每次拍摄，云层、夕阳、海水的波纹都不同，照片呈现的效果就不同。"

听完摄影师的话，我释怀了，反而觉得照片变得珍贵。就像上次去土耳其拍照，风大到我瑟瑟发抖，沙尘都被风吹进口中，但风也大到将缎面婚纱吹得蓬起来。因此摄影师说那是她第一次拍到那件婚纱被风吹起来的形状。因为天气环境不同，哪怕是同一件婚纱，也会拍出不同的效果。

这让我想起爱情，每对恋人相爱的过程看起来相似，无非都是从喜欢到在一起。但每个人性格不同、家境不同、志趣不同，因此呈现出来的相处模式就不同。

随着落日完全沉入海底，我们的海边婚纱之旅也画上圆满的句号。

望着天边的橘色霞光，牵着爱人的手，时光温柔得不可思议。

"我在黄昏，写下一封书信，载着落日的余晖和银河的浪漫。寄给你，寄给温柔本身。"

难怪有人写出这么动人的句子。当我此刻和爱人携手立黄昏，真想和全宇宙分享这独一份的浪漫和温柔，抵达每个人内心深处最柔软的角落。

欢乐的时光总是过得很快，一天稍纵即逝。纵使万般不舍，也要挥别西天的云彩。

不禁想，一天是不是也是一生的缩影呢？而幸福的人生莫过于——从清晨到黄昏，从年少到年迈，有个人一直牵着你的手陪着你走。

每个女孩年少时都憧憬过爱情，也曾想象过自己披上婚纱的模样，少女时代的我也不例外。

有一次回老家收拾旧物时，收拾出一本旧相册，里面居然有一张我十六岁穿婚纱拍的写真照。由于时间太过久远，我已想不起当时出于什么样的机缘拍下那张写真照。古人满十五岁为及笄，寓意着少女到女人的蜕变。难道当时拍照是想送给正值花季的自己一份礼物？

彼时穿上婚纱抱着毛绒猫咪玩偶的少女大柠，有没有幻想未来另一半的样子呢？她大概绞尽脑汁也不会想到她的另一半来自路遥水远的西南，更不会想到她居然会为他披上三次婚纱！

林知逸说以后每到特别的纪念日，就陪我拍婚纱照，一直陪我拍到白发苍苍。

那等我老了，是不是可以说，虽然我没举办过婚礼，但我可能是穿婚纱最多的新娘。

其实，在我们拍的这组照片中，相比白色婚纱照，我更喜欢蓝白色便服照。婚纱照有种新郎新娘的仪式感，穿便服的情侣照则是老公老婆的恋爱日常，这才是我们朝朝暮暮要面对的生活。如果说生活是一出戏，婚礼只需要你一天的角色扮演，日子却需要你每天本色演出。

每个女孩都害怕变老，可当有个人开始称你"老婆"时，你忽然就不再害怕老去。试想，如果你老去一点，他对你的爱便增加一点，你还会担忧老去吗？

我们的皮肤无法对抗地球引力，但爱是万有引力，唯有爱可以对抗衰老。

假使有一天，当你垂垂老去，你爱的人还在你身边，听你讲述你们共同拥有的美好回忆，这大约是人世间的一大幸事。

时光会老，因为有你，爱情不老。

十九年前的九月，一枝桂花开启甜美的爱情之旅。

十二年前的九月，一枚戒指开启幸福的婚姻之旅。

我们相识在拥有和煦糖果风的九月，于是在往后的时光里，你让我收获了满满一大筐爱情糖果。

悄悄告诉你呵，我还要做个勤劳的小蜜蜂，用心收集更多你给我的糖果：那些让我微笑、让我发自内心欢乐的甜蜜瞬间。

等到生活亏待我时拿出来品尝——

原来生活如此厚爱过我！

等到白发苍苍失去记忆时捧在手心——

原来我的青春不曾虚度！

因为有你陪我看日出日落，

因为有你陪我走万水千山，

我从来都不觉得岁月漫长。

你陪我从校园到婚纱，

从二人世界到三口之家，

我愿陪你从青丝到白发。

# 你 是 人 间 烟 火，
# 也 是 星 辰 大 海

Love

亲爱的大林：

今天是你的阳历生日，关于这个生日，你自己都很迷糊。

你身份证上的生日是农历的，想要记住有些困难，于是我循着那个日子找到你出生那天对应的阳历日子。这样好记一些。

与你相识以来，我的生日你一直牢记于心，每年都为我精心准备。而我却时常忘记你的生日。

"你可以忘记我的生日，但我不能忘记你的生日。"你说过类似的话。

我问你为什么？你说："你忘记我的生日我不会介意，我要是忘记你的生日你会生气，我不想你生气。"

我听完不是没有感动的。

细数下来，和你在一起的十八年，六千五百多个日夜，你给我的快乐委实比悲伤多得多。生活中不可避免遇到令人沮丧的事，而你带给我的快乐可以轻松化解生活的苦。

"五一"后公司就要恢复全员在公司办公，你听到此消息，十分开心。

我很不解，问："是不是距离产生美？我去公司你才开心？"

你说："眼不见为净。看着你有时被工作折磨，心疼你；看着你沉迷工作不理我，我难过。"

我笑了。前阵子我在家加班到凌晨两点时，你还对我说："世界上最遥远的距离，是你在我旁边，你的心却在工作上。"

因为疫情，弹性工作近三个月。你有时候撩我，我表现很冷淡，你就会恨得牙痒痒："你这台没有感情的工作机器！"大概你最讨厌工作时全身心投入的我了。

你说："去单位上班也好，上班你投入工作，下班你投入我。"

这样想想好像你说得蛮有道理。把工作场所和家庭场所区分开是件好事，不然家庭场所成了我的工作场所，我会情不自禁地变成"工作狂"，遭到你的控诉。

我问你，你有没有想要的生日礼物？你说："今晚结束'异地恋'，就是给我的最好的生日礼物。"

最近一段时间，欣宝要和我一起睡觉，睡前听我给她读书讲故事。我和你又开始了漫长的分居。

我嘴巴里长了泡，告诉你，你指指嘴唇上方的小痘痘说："我也有。这是内火，需要我俩合力排，你懂的。"

我对欣宝说，爸爸和妈妈一起睡能增进感情，请她回自己的床睡。她说："那我今天再睡一晚，明天晚上回我的床。"

她倒是信守承诺，昨晚听完故事后允许你把她抱回她自己的小床。于是我俩终于可以"鹊桥相会"了。

今天早上醒来，你对我说，你梦见我们一起旅行。

就是这么巧，我也梦见我们一起旅行。

具体去哪里我们都不知道，只知道是在路上。

"我们终于同床同梦了。"我说。

"我和你异床时，也同梦。"你说。

有些事情，我想或许真是冥冥中注定的。

倘若我没有经历高考失败，没有在父母的阻拦下依旧参加"专转本"的考试，没有选择你就读的那所大学，没有写作这个爱好，我们就会错过彼此。

只要任何事差一点点，我和你就会完美地错过。

偏偏上帝让我拐了个大弯，我在弯道尽头，遇见了你——人生中最美的风景。

从校园恋到异地恋再到同床恋，我们一路相依相伴。

我希望能陪你到白发苍苍的时光尽头。

在我眼中，无论岁月如何变迁，你还是那个意气风发的少年。

你是人间烟火，也是星辰大海。

祝你生日快乐，年年有欢喜，岁岁有大柠。

爱你的大柠

2020 年 4 月 29 日

# 你 是 老 天 赏 赐
# 给 我 的 糖 果

Love

亲爱的大林：

　　暮春时节，绿树成荫，蔷薇待放，大地已有了初夏的气息。

　　许多年以前，你就是在这个美好的春夏之交出生的。是不是正因如此，你的笑容才像阳春天一般明媚呢？

　　昨天我去电台录一档读书节目，主持人问我："每个人的青春有相似也有不同，您的青春怎么来定义呢？"

　　我是这么回答的——我的青春有个分水岭，就是遇见我先生。遇见他之前，我的世界有些雨雪霏霏，因为我在雨水连绵的南方长大，有种为赋新词强说愁的惆怅；遇见他之后，我的世界开始出现彩虹色，就算偶尔下雨，下的也是糖果雨。

　　是啊，你就是老天爷赏赐给我的一颗糖果，让我一辈子可以做个自在的小孩。生活难免有苦涩，然而你这颗甜心糖果却可以溶解所有的苦。

如果有人问我人生最幸运的事是什么？我一定会说——人生最幸运的事是遇见文学和爱情，尤其是在最美的年华遇见你！

而多么荣幸，文学、爱情这两件事都和你相关！因为文学，我有缘与你相识；因为你深爱我，我拥有了爱情。

昨天早上，我默默看着坐在书桌前的你，难以想象，我们竟然已经相恋十九年了！而我们，仿佛昨天才刚刚遇见，你还是那个懵懂的少年。

看似漫长的十九年，因为有你陪在身旁，我都感觉不到时间的流逝了。

这十九年，我们从最初的恋人变成恩爱的夫妻，建立了我们的小家，家庭成员多了一个活泼可爱的小女孩，现在还多了只可爱的猫咪。

这就是我理想中的生活，因为你的陪伴和支持，我的理想一一实现。

我的新书是《你是人间理想》，有人问我，书名里的"你"代表什么？我想，这个"你"包括理想中的自己、向往的生活、我所爱的人。

与你相爱，你几乎对我所有的决定都表示支持，你是我的精神支柱，只要你在身边，我就觉得安心。

相爱这么多年，最让我感恩的是你愿意为了我改变自己，懒宅属性的你对抗懒癌和宅魔，和我一起阅读，和我一起旅行，和我一起养猫……

是你让我明白：和喜欢的人一起做喜欢的事，原来是这么幸福和满足！

在你生日的这一天，我要感谢你的母亲把你带到这个世界，感谢你陪伴并照顾我那么多年，也要感谢你平时包容我的小脾气。我知道，你太宠我了，我是"骂"不走你的！毕竟，我们要黏在一起一辈子呢！

若说人生有四季，我们已然进入人生的夏日，可因为有你，我总觉得四季如春。

恰如我写在《你是人间理想》里的那句小诗——

四时如书，
你是属于春天的那一页，
不小心嵌在我的冬天，
从此我的世界四季如春。

爱你的大柠

2021 年 4 月 29 日

# 愿你遇良人，品尝七分甜

不知道你有没有发现，人类对痛苦的感知力往往超过对快乐的感知力。通常悲剧更有感染力，更让人刻骨铭心，也间接说明了这一点。

佛说"众生皆苦，唯有自渡"，诗云"生年不满百，常怀千岁忧"。苦和忧，仿佛是与生俱来的，我们来到这世界发出的第一声就是啼哭。是不是正因如此，我们才那么渴望甜呢？

其实，生活不总是苦的，生活里也有许多甜。这本《柠有七分甜》里的"甜"就全部来自生活。

许多读者是通过《和你在一起才是全世界》认识我的，对此我深感荣幸，并心存感恩。这本书不一定是我写得最好的一本书，但一定是对我意义最大的一本书。

其实写《和你在一起才是全世界》时，委实没想到会有那么多读者喜爱。我只是一个喜欢记录生活日常的普通人，恰巧我在大学校园遇见心仪之人，并和他定下一生的契约。当爱情之花绽放，心蕊滋养出七分甜，我担心随着年深月久，糖分会变淡，于是化身勤劳的小蜜蜂，将那爱情之蜜糖采撷，记作“大柠和林知逸的日常”。积累多了，蜜糖可以装罐，于是产出了来自生活的纯天然文字蜜糖，包括《和你在一起才是全世界》三部曲以及你手中的这本《柠有七分甜》。

《和你在一起才是全世界》人气鼎盛之时，曾有书店邀我举办签售会，但我想了想，人在所谓巅峰之际最容易膨胀，这时候最需要的是冷静和沉淀，而不是趁热打铁。于是，我对读者许下一个“七年之约”——我们各自努力，七年之后，更高处见。甚至，为了这个约定更加切实，我还夸下海口——“七年，一年一本书，每年情人节见。”

对于“七年之约”的第七本书，写什么比较好呢？

左思右想，既然我因《和你在一起才是全世界》与大家结缘，那我们赴约的时候，还是与这本书有关才更有意义啊！不妨回到最初，写“和你在一起才是全世界”系列，寓意着“七年之约，初心未改”。

写《柠有七分甜》，于我而言，不像在写书，更像是在品尝储存在回忆里的一罐蜜糖，边品尝边偷偷乐，仿佛从岁月深处挖掘出一座宝藏，忍不住想与大家分享。

岁月是最大的神偷，不仅偷走青春容颜，还偷走快乐美好的时光。幸好,我有记录生活的习惯,才没有让岁月神偷偷走爱情生活给我的那些甜蜜瞬间。

品尝到爱情的甜滋味,纵使人生苦短,也余韵悠长。

聂鲁达说:"我们在一起,是世上所能积累的最大的财富。"深以为然。

我和林知逸在大学校园相识,彼时我大二,他大四,两人都是穷苦学生。后来我们来到北京一起打拼,也拥有了世俗世界渴求的物质生活。但我始终认为:我们留给彼此最好的财富不是物质财富,而是爱和回忆。

林知逸像是上天赏赐给我的一枚开心果,他不经意间说的话都能让我微笑,发自肺腑地感到快乐、自在。他让我切身感受到:和喜欢的人在一起,每一天都是情人节。

这本书很简单,关于两个人相处的七分甜小时光;这本书又不简单,只能采撷生活中的甜蜜精华。

或许,你不用把它当一本书看,可以当作一份茶余饭后博君一笑的小甜品。不开心的时候,随手翻一页;临睡入梦前,随手翻一页;闲得无聊时,随手翻一页……你不需要一口气读完,可以随时拿起来,也可以随时放下来。

如果你在看这本书时,心情放松,嘴角微扬,我心足矣!

生活在继续,故事也在继续。

　　生命中那些温柔美好、充满情趣的小确幸，我如实记录下来与你分享。希望这些带着七分甜的小美好，能成为滋养你心田的明月，让你也能感受到生活中的小趣味。

　　愿你遇良人，品尝七分甜。如果尚未遇见，愿你成为自己的星辰，总有人会发现属于你的光。

# 图书在版编目（CIP）数据

柠有七分甜 / 大柠著 . —南昌 : 百花洲文艺出版
社 , 2022.4
ISBN 978－7－5500－4688－7

Ⅰ. ①柠… Ⅱ. ①大… Ⅲ. ①故事—作品集—中国—
当代 Ⅳ. ① I247.81

中国版本图书馆 CIP 数据核字（2022）第 031453 号

## 柠有七分甜
NING YOU QI FEN TIAN

大柠　著

| | | | | |
|---|---|---|---|---|
| 出 版 人 | 章华荣 | | 出 品 人 | 李国靖 |
| 特约监制 | 何亚娟　夏　童 | | 责任编辑 | 黄文尹 |
| 特约策划 | 夏　童 | | 特约编辑 | 陈乐意　白音格力 |
| 营销编辑 | 王　荃　王亚青 | | 封面设计 | 大　飞 |
| 版式设计 | 橙　子 | | 封面绘图 | 小葵姐　梦游兔 |
| 内文绘图 | 梦游兔　三　乖 | | | |

出版发行　百花洲文艺出版社
社　　址　南昌市红谷滩区世贸路 898 号博能中心 I 期 A 座 20 楼
邮　　编　330038
经　　销　全国新华书店
印　　刷　三河市金元印装有限公司
开　　本　880mm × 1230mm　　　1/32
印　　张　9
字　　数　175 千字
版　　次　2022 年 4 月第 1 版
印　　次　2022 年 4 月第 1 次印刷
书　　号　ISBN 978－7－5500－4688－7
定　　价　49.80 元

赣版权登字：05-2022-38
发行电话　0791-86895108　　　　　　　网　址　http://www.bhzwy.com
图书若有印装错误，影响阅读，可向承印厂联系调换。